新 潮 文 庫

決定版カフカ短編集

カ フ カ
頭 木 弘 樹 編

新 潮 社 版

11895

目次

判決……9
火夫……31
流刑地《るけいち》にて……83
田舎医者……134
断食芸人《だんじきげいにん》……147
父の気がかり……165
天井桟敷《さじき》にて……168
最初の悩み……170

万里の長城……175
掟《おきて》の問題……201
市の紋章……205
寓意《ぐうい》について……208
ポセイドーン……210
猟師グラフス……213
独身者の不幸……223

編者解説　頭木弘樹

決定版カフカ短編集

この物語はまるで本物の誕生のように脂《あぶら》や粘液で蔽《おお》われてぼくのなかから生れてきた

カフカ　1913年2月11日の日記

判決

ある物語

——Fに

春の盛りのとある日曜日の午前のことであった。若い商人のゲオルク・ベンデマンが、河沿いに長い一列をなしてつづいている、屋根の高さと壁の色がすこし違うだけの、こぢんまりとした粗末な造りの家々の一つの二階にある彼の私室にすわっていた。彼はちょうど外国にいる幼な友達に宛《あ》てた手紙を書き終えたところで、わざと遊び半分にゆっくりと封をすると、やおら机に片肘《かたひじ》をついて窓越しに河や橋や薄緑に萌《も》える対岸の丘を眺めはじめた。

彼は、この友達が生家での暮しに我慢できなくなって、数年前、ロシアへ文字どおり逃れて行ったことを考えていた。友達はいまペテルブルクで商売をしているが、この商売ははじめのうちこそ非常に有望とみえたものの、しだいにとだえがちになって行く帰郷のたびに彼が洩《も》らす愚痴からみると、かなり前から不振に陥っているらしかった。こうして彼は異郷にあって得るところもなしにあくせくと働いているが、異様な頬髭《ほおひげ》も子供のころから見慣れた顔を覆《おお》うにいたらず、顔の黄色い肌色は進行しつつある病気を暗示するように思われた。その話すところによれば、彼はペテルブルクに住む同国人とも深くは交わらず、ロシア人の家庭との社交的な交際もほとんど皆無なまま、一生を独身で過す準備を整えているのであった。

あきらかに道を誤った人間、憐《あわ》れとは思ってもどうしてやることもできないこういう人間には、なにを書けばよかったろう。生家に戻って来て、生活を故郷に移し、むかしの友人たちとの付き合いを回復するように——実際、それを妨げる障害はなかった——、さらには、友人たちの援助を期待するようにと忠告すべきであったろうか？しかしそれは同時に、相手を労《いた》わればそれだけかえって傷つける遣《や》り方で、おまえのこれまでの試みは失敗したのだ、そういう試みはこの辺でやめるべきだ、帰って来ること、最終的に帰って来た敗残者としてみなの注視の的になるのに耐えることだ、世間を知っているのは友人たちのほうで、おまえは年をとった子供にすぎないのだから、生家にとどまって成功した友人たちの言うとおりに従わねばならないのだ、と言うこと以外のなにを意味するのでもなかった。しかし、やむをえず彼にさまざまな苦痛をくわえるとしても、それがなんらかの効果を挙げることは確実といえるであろうか？

だいいち彼を生家に帰らせることすらけっして成功しないであろう――彼は自分でも、故郷のさまざまな事情がもうのみこめなくなった、と言っていた――、逆境にもかかわらずかえって彼は、忠告をうけたことに憤慨し、友人たちとはいっそう疎遠《そえん》になりながら、異郷にとどまるであろう。しかしもし彼がほんとうに忠告に従うとして、この故郷で――むろんひとに陥《おとしい》れられるというのではなく、事態のおもむくところによって――圧《お》し潰《つぶ》されてしまうとしたら、友人たちのあいだにとけこめず、しかも友人たちなしではやって行けないとしたら、屈辱に苦しむとしたら、こんどこそほんとうに故郷も友人たちも失ってしまうとしたら、それならばこれまでどおり異郷にとどまるほうが、彼にとってはるかによいことなのではなかろうか？　このような事情では、彼が故郷でほんとうに成功することなど考えられるであろうか？

このような理由で、ともかくも手紙の遣り取りだけはつづけることにするとしても、彼に対してはもっとも疎遠な知人に対してすら憚《はばか》らずにするような、本来の意味での文通ができなくなっていた。友達はもう三年以上も故郷に帰らなかった、そしてそれをロシアにおける政情不安というみえすいた口実によって説明していたが、それによればこの政情不安は零細な商人がほんの僅《わず》かなあいだ留守にすることも許さないのであった、しかし他方では数十万のロシア人が平然と世界中を旅行しているのである。

ところで、この三年のあいだに、ゲオルクにとってはさまざまな変化が起った。二年前にゲオルクの母が亡《な》くなって、それ以来ゲオルクは年老いた父といっしょに暮すようになった、ゲオルクの母の死を知ると、友達は無味乾燥な言葉をつらねた弔文を送ってよこしたが、これはおそらくこのような出来事の悲傷は異郷にいるとまったく想像できなくなるということだけに起因するものであったろう。そのとき以来ゲオルクはいっそうきっぱりとした態度で家業に、他の万事に対してもそうだったが、取り組んでいた。あるいは、母が生きていたあいだは、父が仕事に関しては自分の意見だけを通そうとしたために、彼本来の真の活動を妨げていたのかもしれない、あるいは父は、母の死以来、依然として仕事に関わってはいたが、遠慮深くなったのかもしれない、あるいは――これはきわめてありそうなことであったが――いくつかの幸運な偶然がはるかに重要な役割を果していたのかもしれない、いずれにせよこの二年間のあいだに家業はまったく予想外な発展を遂げ、従業員は倍にふやさなければならなかったし、売り上げは五倍になり、さらに大きな発展も確実に目前に迫っていた。

しかし友達はこの変化にまったく気づいていなかった。以前、最後にはたぶんあの弔文のなかでであったろうが、彼はロシアに移住するようにゲオルクを説得しようとしたことがあって、ゲオルクの業種がペテルブルクで立てうる見通しをこまごまと書いてよこした。その数字は、ゲオルクの家業がいまやとるにいたった規模に較《くら》べれば、霞《かす》んでしまうほど僅かなものであった。しかしゲオルクは友達に自分の事業の成功を知らせてやる気にはなれなかった、そして、時機を失したいまそんなことをしては、実際おかしなことになったろう。

こうしてゲオルクは友達に、毎回、静かな日曜日にぼんやりと考えに耽《ふけ》っていると記憶のなかに雑然と甦《よみがえ》って来るような、あまり意味のない出来事ばかりを書くにとどめた。友達がながい空白期間のあいだに作り上げて、ともかくも折り合いをつけている故郷の市の観念を壊さないようにすることしか彼は望まなかった。そのためにゲオルクが、かなり間を置いた手紙のなかで三度も、どうでもよい男とこれもまたどうでもよい女との婚約を友達に通知するということが起ったのだが、すると当然なことに友達はついには、ゲオルクの意図に反して、このいわくありげな婚約に関心をよせはじめたのであった。

ゲオルクとしては、こういうことを書くほうが、彼自身一年ほど前にフリーダ・ブランデンフェルトという資産家の令嬢と婚約したことを告白するよりも、はるかに気が楽なのであった。彼はしばしばこの友達のことを、そして彼が友達に対して採っている特殊な文通関係のことを、婚約者と話し合った。「それじゃそのかた、わたししたちの結婚式にはどうしても出られないのね」と彼女が言った、「でもわたしには、あなたのお友達みんなと知り合いになる権利があるわ。」「彼の邪魔をしたくないんだ」とゲオルクが答えた、「よくわかってほしいな、彼はたぶん来るだろう、すくなくともぼくはそう思う、けれども彼は自分が強要され、迷惑を蒙《こうむ》ったと感じるだろう、もしかするとぼくに嫉妬《しっと》するかもしれない、そしてきっと不満になって、しかも、またたった独りで帰って行くというこの不満をいつまでも解消できないんだ。たった独りでだよ、それがどういうことか、わかる？」「わかるわよ、でもそのかた、よそからわたしたちの結婚のことを聞かないかしら？」「それを防ぐことはもちろんできない、でも、彼の暮し方からいって、そんなことはありそうもないな。」「あなたにこういうお友達がいらっしゃるのなら、ゲオルク、あなたは婚約なんかしてはいけなかったのよ。」「そう、それは、ぼくと彼と、ふたりの罪だ、でも、ぼくはいまでも別なふうだったらよかったとは思わないよ。」そのあとで彼女が彼の接吻《せっぷん》にあえぎながら、「やっぱりわたしそんなの厭《いや》だわ」と言ったとき、彼は友達にすべてを書いてもいいような気がした。「ぼくはこういう人間なのだから、彼にはこのままのぼくを受け入れてもらわなければならない」と彼は思った、「ぼくをこのままのぼく以上に彼との友情にふさわしい人間にすることはできないのだから。」

事実、彼はこの日曜日の午前に書いたながい手紙のなかで、つぎのような言葉で友達に自分の婚約を伝えた、「ぼくはいちばんいいニュースを最後にとっておいた。ぼくはフリーダ・ブランデンフェルト嬢と婚約したのだ、資産家のお嬢さんだが、この一家はきみが去ってからかなりあとにこの市に移って来たので、たぶんきみは知らないと思う。いずれぼくの婚約者についてはもっと詳しいことを伝える機会があると思うが、今日のところは、ぼくがほんとうに幸福であること、ぼくたちの関係に起る変化は、きみは今後まるで平凡な友人のかわりに幸福な友人をもつことになる、という事実しかないことだけで我慢してくれたまえ。そればかりかこれからは、きみによろしくとの挨拶《あいさつ》をことづけている、そのうち自分でも手紙を書くはずのぼくの婚約者が、きみの信頼できる女友達になるのだが、これは独身者にとってまったく無意味というわけではないだろう。きみがさまざまな事情に妨げられて帰国できずにいることは知っている、けれども、いちどあらゆる障害を突き破ってみるのには、ぼくたちの結婚式がちょうどいい機会ではないだろうか？　それはともかく、ぼくたちのことは気にしないで、きみがいいと思うようにしてくれたまえ。」

この手紙を手にもったまま、ゲオルクはながいあいだ、顔を窓のほうに向けて、机の前にすわっていた。通りすがりに小路から挨拶した知人にも、応《こた》えるともなしに放心した微笑を浮べただけであった。

やがて彼は手紙をポケットに入れて部屋を出ると、小さな廊下を横切って、父の部屋へはいって行った。彼はもう何カ月もそこに足を踏みいれたことがなかったが、いつもはその必要がないのであった、というのは、店では彼はいつでも父と会っていたし、レストランで昼食を摂《と》るのもいっしょであり、晩はそれぞれが好きなように過したものの、そのあとはたいてい、ゲオルクが、これは頻繁に起ることであったが、友人たちのところへでかけるか、最近のように婚約者を訪ねるかするのでなければ、なおしばらくは、それぞれの新聞を読みながら、共通の居間にすわったからであった。ゲオルクはこんなに太陽が燦々《さんさん》とかがやいている午前なのに父の部屋がひどく暗いのに驚いた。狭い中庭のむこうに立っている高い塀が濃い影を落しているのであった。父は、亡くなった母のさまざまな形見を飾ってある片隅の窓際《まどぎわ》にすわって、視力が弱いのを補うために、新聞を目の斜め前にささえて読んでいた。テーブルの上には、あまり食べたようにみえない朝食の残りが載っていた。

「やあ、ゲオルク!」と父が言って、すぐに彼のほうにあゆみ寄って来た。重そうなガウンが、あるくと前が開き、裾《すそ》が足に纏《まと》いついて揺れた。――「お父さんは依然として巨人だな」とゲオルクは思った。

「ずいぶん暗いのですね」と、彼が言った。

「そう、暗いことは暗い」と父が答えた。

「窓もお父さんが閉めたのですか？」

「そのほうが好きなのだ。」

「外はもう暑いくらいですよ」とゲオルクが、自分の言葉を補うように言って、腰かけた。

父は朝食の皿をかたづけて、それを箱型の家具の上に置いた。

「ちょっとお話ししようと思っただけなのですが」とゲオルクが、ぼんやりと老人の動きを目で追いながら言った、「ぼくはやっぱりペテルブルクへぼくの婚約を知らせることにしたのです。」彼はポケットから手紙をちょっと引き出して、すぐにまたもとへ戻した。

「ペテルブルクへ？」と父が訊《たず》ねた。

「ぼくの例の友達ですよ」とゲオルクは言って、父と目を合せようとした。店ではまるで別な様子をしているのだがな、と彼は思った、ここにいるお父さんは傲然《ごうぜん》とすわって、腕を胸で十字に組んだりしている。

「そう、おまえの例の友達だね」と父は一語一語にアクセントをつけて言った。

「お父さんもよくご存知のように、最初ぼくは婚約のことは彼に黙っていようと思ったのです。それは彼を労わってのことで、それ以外のどんな理由からでもありませんでした。ご存知のように、彼は気難しい人間ですからね。彼の孤独な暮し方からいってありそうもないことですけれど、よそからぼくの婚約のことを聞くかもしれないとも思いました――それを防ぐことはできません――、しかしぼくからはけっして言うべきではないと考えていたのです。」

「それでいまはまた考えを変えたのだね？」と父が訊ねて、大きな新聞を窓枠の上に置き、その上に眼鏡をのせて、その眼鏡を片手で覆った。

「ええ、ぼくはもういちどよく考えてみたのです。彼がぼくの親友であるとすれば、ぼくの幸せな婚約は彼にとっても幸せであるはずです。だからぼくはもう彼に知らせるのを躊躇《ためら》いませんでした。でも手紙を投函《とうかん》する前に、それをお父さんにお話ししておきたいと思ったのです。」

「ゲオルク」と父が言って、歯のない口をきっと結んだ、「聞くがいい！　おまえはこの問題でわしと相談するためにやって来たと言う。それはたしかに高潔なことだ。しかしおまえがこのわしに真実をありのままに言うのでなければ、そんなものは無意味だ、いや、無意味よりもっと悪い。わしはこの問題と直接関わりのないことを騒ぎ立てるつもりはない。だが、お母さんが亡くなってからいろいろと面白くないことが起っている。きっと、それについて話す時機も来るだろう、いや、その時機はわれわれが考えているより早く来るかもしれない。仕事の上でも多くのことをわしは見逃してしまう、おまえがわしに隠しているというのではあるまい――とにかくいまはおまえが隠しているなどとは考えたくない――、わしの力はもう充分ではないし、記憶力も弱くなった、わしはもうたくさんの事柄にいちいち目をくばるわけにいかない。それは第一には自然の成り行きだが、第二にはお母さんが亡くなったことがわしにはおまえにとってよりはるかに打撃だったからだ。――しかしいまはこの手紙を問題にしているのだから、おまえに頼むが、ゲオルク、わしを瞞《だま》さないでくれ。つまらないことじゃないか、口にする値打もないことじゃないか、だから瞞さないでくれ。いったいおまえにはほんとうにペテルブルクに友達がいるのか?」

ゲオルクは困惑して立ち上った。「ぼくの友達なんてどうでもいいじゃありませんか。ぼくにとっては千人の友人もお父さんに代えることができません。ぼくの考えを言ってしまいましょうか? お父さんはご自分を労わらなさすぎるのです。けれどもやはり年には勝てません。よくご存知のとおり、商売に関しては、お父さんなしではどうにもなりません、けれどももし商売がお父さんの健康を損なうのなら、明日にでもきっぱりと廃業してしまいましょう。このまま続けて行くわけにはいきません。そうしてお父さんのために生活を切り換えるのです。それも根本的に切り換えるのです。お父さんはこの暗いところにすわっていますが、居間のほうがずっと明るいじゃありませんか、それから朝食はほんのすこししか召し上っていないようですが、もっと充分に力がつくようにしてください。それに、窓を閉めておいでですが、風はお父さんの身体《からだ》にきっといいはずです。そうですとも、お父さん、ぼくは医者を呼んで来ます、そして医者の処方に従いましょう。部屋は交換しましょう、お父さんは表側の部屋に移り、ぼくはここへ移るのです。それでお父さんの環境がすっかり変るわけではありません、この部屋のものは全部もって行きますから。しかしそれには時間がかかります、いまはすこしベッドで休んでください、お父さんにはどうしても休養が必要です。さあ、ぼくが着更《きが》えを手伝いましょう、ぼくだってそれぐらいはできますよ。それともすぐに表側の部屋へ行きますか、それならさしあたりはぼくのベッドに横になってください。それがいいかもしれませんね。」

ゲオルクは縺《もつ》れた白髪の頭を胸に垂れている父のすぐ傍らに立っていた。

「ゲオルク」と父が身じろぎもせずに低い声で言った。

ゲオルクはすぐに父の傍らに跪《ひざまず》いた、彼は父の疲れた顔の瞳孔《どうこう》が異常に大きく拡《ひろ》がって眦《まなじり》から自分を見据えているのを見た。

「おまえのペテルブルクの友達など実在しないのだ。おまえはいつでもふざけていて、このわしの前でも慎しむことを知らなかった。よりによってペテルブルクにおまえが友達をもっているはずがない！　わしはそんなことを絶対に信じないぞ。」

「よく考えてみてください、お父さん」とゲオルクは言って、父を肘掛椅子《いす》から起し、いまはすっかり弱々しく立っている父のガウンを脱がせた、「あれからまもなく三年になりますが、ぼくの友達がうちへ訪ねて来たじゃありませんか。お父さんが彼をあまり好かなかったことを、ぼくはいまでも覚えています。彼がぼくの部屋にいたときに、ぼくはすくなくとも二度、お父さんに向って、彼は来ていないと言いました。ぼくは彼に対するお父さんの嫌悪《けんお》をよく理解できました、ぼくの友達には風変りなところがありますからね。でもそのあとでは、お父さんはご機嫌よく彼と話をなさったじゃありませんか。ぼくはそのとき、お父さんが彼の言うことに耳を傾け、うなずいたり、質問したりなさるのを、とても誇らしく思ったものでした。よく考えてごらんになれば、きっと思い出しますよ。あのとき彼はロシア革命の信じられないような話をしました。たとえば彼が商売の用があってキエフへ行ったとき、暴動のただなかでひとりの司祭がバルコンに立ち、自分の掌《てのひら》に十字の印を深々と刻んで、血が噴き出ているその手を挙げながら、群衆に呼びかけるのを見たという話をしたじゃありませんか。お父さんはご自分もこの話をほうぼうでなさっていましたよ。」

こう言っているあいだにゲオルクは、ふたたび父をすわらせて、リンネルのパンツの上にはいていたトリコットのズボンと靴下を注意深く脱がせることができた。あまり清潔ではない下着を見たとき、彼は父をなおざりにしていたことで自責せずにいられなかった。父の下着に絶えず注意をはらうことはあきらかに彼の義務であったろう。彼はまだ彼の婚約者と、父の将来をどうするかについて、はっきりと話し合ったことがなかった、それは彼の婚約者が暗黙のうちに父は独りこの家に残るものと決めていたからであった。しかしいま彼はそくざに、父を自分の未来の家庭に連れて行こうと、かたく決心した。しかしもっと詳しく考えれば、父がそのときになってはじめて世話をうけるのでは遅すぎるかもしれないという気がした。

彼は父を両腕に抱いてベッドへ運んで行った。ベッドまでの数歩のあいだ、彼は、父が彼の胸の時計の鎖をおもちゃにしているのに気づいて、ぞっとした。彼は父をすぐにはベッドに横にすることができなかった、それほどしっかりとこの鎖を握っていたのであった。

しかしベッドに横になってしまうと、すべてがうまく行くようにみえた。父は自分で毛布をかけ、それを念入りに肩のずっと上のほうまで引き上げた。彼はある親しみさえみせてゲオルクを見上げた。

「どうです、彼のことを思い出したでしょう」と言って、ゲオルクは元気づけるように父に向ってうなずきかけた。

「うまく包《くる》まれているだろうか？」と父が、足が充分に包《くる》まれているかどうか、自分では見ることができないというように、訊ねた。

「そらね、やっぱりベッドにはいるほうがよかったでしょう」とゲオルクが言って、毛布を包《くる》みなおしてやった。

「うまく包《くる》まれているだろうか？」と父がもういちど訊ねて、その答に特別に注意をはらっている様子をみせた。

「大丈夫、しっかり包《くる》まれていますよ。」

ゲオルクが答えるやいなや、「嘘《うそ》だ！」と、父が叫んで、毛布を、一瞬空中にぱっと拡がったほどの勢いで蹴返《けかえ》して、すっくとベッドの上に立ち上った。彼は一方の手をかるく天井について身体をささえた。「おい、小僧、おまえはわしを包《くる》み込もうとした、わかっているとも、だが、わしはまだ包《くる》み込まれてはいないぞ。これがわしに残された最後の力かもしれないが、おまえ相手にはこれで充分だ、充分どころか剰《あま》るほどだ。たしかにわしはおまえの友達を知っている。あれは心情からいえばわしの息子といってもいい。だからおまえは何年ものあいだ彼を欺《あざむ》いて来たのだ。他に理由が考えられるか？　わしが彼のために泣かなかったと思っているのか？　だからおまえは事務室に閉じ籠《こも》った、主人多忙ニツキ、何人モ入ルベカラズ、とな——だがそれは誰にも邪魔されずにロシアへ贋《にせ》の手紙を書くためだった。しかし、幸いなことに、父親は息子の心を見抜くことぐらい、誰にも教えてもらう必要がないのだ。親父《おやじ》をやっつけてやった、ぐうの音も出ないほどやっつけてやったから、親父のやつ、尻《しり》をのっけてすわってやってもぴくりとも動けるものじゃない、そう思ったんだろう、そこでいよいよわが息子殿は結婚の決意をかためたというわけだ！」

ゲオルクは父の凄《すさ》まじい姿を見上げた。父が突然熟知していると言い出した、あのペテルブルクの友達がかつてないほど彼の心を捉《とら》えた。遠いロシアで破滅して行く友達の姿が眼に浮んだ。掠奪《りゃくだつ》しつくされてがらんとした店の戸口に彼がいた。打ち壊された戸棚、ずたずたに引き裂かれた商品、落ちかかっているガス燈《とう》のパイプのあいだに、彼はまだかろうじて立っていた。なぜ彼はあんなに遠くまで行かねばならなかったろう！

「こっちを見ろ！」と父が叫び、ゲオルクはなにかに縋《すが》ろうとして、放心したようにベッドに近づいたが、途中で立ち止った。

「女がスカートを捲《まく》ってみせたからだ」と、父が笛のような声で喋《しゃべ》りはじめた、「スカートをこんなふうに捲ってみせたからだ、あのすべため。」そして彼は、それを実演してみせるために、夜着の裾を高く捲り上げたので、太股《ふともも》に戦争でうけた傷の痕《あと》がみえた、「女がスカートをこんなふうに、それからこんなふうに、それからこんなふうに捲り上げたから、おまえはふらふらと女に近づいて行ったのだ、そして、女となんの妨げもなく楽しめるようにと、おまえはお母さんの思い出を辱《はずか》しめ、友達を裏切り、おまえの父親を、動けないようにするために、ベッドのなかに押し込んだ。しかしほんとうに動けないかどうか、見るがいい。」そして彼はなんのささえもなしにまっすぐ立って、両足を交互に蹴り上げた。彼はおのれの洞察の正しさに光りかがやいていた。

ゲオルクはできるだけ父親から離れて、片隅に立っていた。むかし彼は、どのような迂路《うろ》によっても、背後からも頭上からも、不意打ちされることがないように、すべてを完全に正確に観察してみようとかたく決心したことがあった。いまかれはとうに忘れていたこの決心を思い出したが、またしても、針の穴から短い糸を引きぬくように、その決心を忘れてしまった。

「おまえの友達だって瞞されてはいなかったのだ！」と父が叫んだ、そして人差指を左右に動かして自分の言葉を強調した。「わしはこの市における彼の代理人なのだ。」「喜劇役者！」とゲオルクは自制しきれずに叫んだ、すぐに、それが父にあたえる傷に気づいて、すでに手遅れではあったが、――目は凝固し――舌を嚙《か》んだ、そしてその痛さに思わず身体を二つに折った。

「そうとも、もちろんわしは喜劇を演じていたのだ！　喜劇とは！　いい言葉だ！　年老いて鰥《やもめ》になった父親に、他にどんな慰めが残っているだろう？　言ってくれ――そして答えるときには、どうかわたしの生身の息子として答えてもらいたい――、この裏部屋で、絶えず不実な使用人に苦しめられ、骨の髄まで年老いたこのわしに、他になにが残っているというのだ？　息子は世間を浮かれ歩き、わしが作り上げた店を閉め、上機嫌でとんぼ返りを打ちながら、父親からはうちとけない紳士面《づら》で逃げて行く！　おまえはわしがおまえを愛さなかったと思うのか、実の父親であるこのわしが？」

こんどは身体を屈《かが》めてみせるぞ、とゲオルクは思った、転がり落ちてこなごなに砕けてしまえ！　この言葉が彼の頭のなかをシュッと音をたててつきぬけて行った。

父は身体を屈めた、が、転がり落ちはしなかった。ゲオルクが期待に反して近づかなかったので、彼はまたまっすぐに立った。

「そこにじっとしているがいい、わしはおまえなど要らない！　おまえは、自分にはここへ来る力がまだある、自制しているのは自分がそう望んでいるからだ、と思っている。思い違いはしないがいい。いまだってわしのほうがはるかに強いのだ。一人ならばわしは引っ込んでいなければならなかったかもしれん、だが、お母さんがわしに力をかしてくれたのだ、おまえの友達ともわしはかたく同盟を結んでいる、このポケットには彼から来たお前の情報がはいっているのだぞ！」

「夜着にまでポケットをいくつもつけている！」とゲオルクは思った、そして、この事実を言い触らすだけで父を世間に通用しないものにすることができる、と考えた。そう考えたのは一瞬だけのことであった、彼は絶えずすべてを忘れてしまうのであった。

「許婚《いいなずけ》にしがみついてわしの前に出て来るがいい！　そんな女はおまえのそばから掃いて捨ててやる、どんなふうにしてかは知るまいが！」ゲオルクは、そんなことは信じられないというように、顔をしかめた。父は、自分が言ったことは真実だと保証するかのように、ゲオルクが立っている片隅にうなずいてみせた。

「今日おまえがやって来て、友達に婚約を知らせるべきかどうか訊ねたのは、まったくおかしかった。おまえの友達はなにもかも知っているのだ、ばかな若僧め、彼はなにもかも知っているのだ！　おまえはわしからペンやインクを取り上げるのを忘れた、だからわしが彼に手紙を書いてやった。彼がもう何年も帰って来ないのはそのためだ、そうとも、彼はすべてをおまえ自身よりも百倍もよく知っているのだ、彼は、おまえの手紙は読みもせずに左手で握り潰し、右手にわしの手紙をもって読むのだ！」

父は夢中になって頭の上で腕を振りまわした。「彼はすべてを千倍もよく知っているのだ！」と叫んだ。

「一万倍も、でしょう」とゲオルクは父を嘲笑《ちょうしょう》して言った、しかしその言葉は彼の口のなかで死の厳粛をおびた響になった。

「おまえが今日の相談をもちかけて来るのを、わしはもう何年も待っていたのだ！　わしが他のことに気をとられていたと思うのか？　おまえはわしが新聞を読んでいたと思うのか？　そら！」と彼は、さっきベッドに紛れ込んだらしい一枚の新聞をゲオルクめがけて投げつけた。ゲオルクがまるで知らない紙名の古い新聞であった。

「おまえはながいあいだ成熟するのを躊躇って来た！　お母さんはとうとう死んでしまった、お母さんは歓《よろこ》びの日をもつことができなかったのだ、友達はロシアで破滅しようとしている、三年前にもう彼は塵芥《ごみ》同様に黄色になってしまった、そしてこのわしは、わしの状態がどんなふうか、わかるだろう。おまえにはそのために目がついているのだから！」

「それでは、お父さんはぼくを待ち伏せしていたのですね！」とゲオルクが叫んだ。

父は同情するように、そしてつまらない質問に答えるという様子で、言った、「もっと前にならそう言ってもよかったろう。だがいまとなってはその言葉はもうふさわしくない。」

そして声を張り上げて、「これでおまえは、おまえのほかにあるもののことも知ったろう、これまでおまえは自分のことしか知らなかったのだ！　確かにおまえは本来罪のない子供だった、しかしより本来的には悪魔のような人間だったのだ！　――それゆえ、知るがいい、わしはいまおまえに溺死《できし》による死刑の判決を下す！」

ゲオルクは自分が部屋から追い出されるのを感じた、背後で父がベッドの上に頽《くずお》れる音をまだ耳のなかに聞きながら、彼は走った。階段の上を、斜面を走るように、駆けおりて行くと、夜が明けたあとの住いを片附けに上へ行こうとしていた女中と衝突しそうになった。「イエズス！」と彼女は叫んで、前掛けで顔を覆った、が、彼はもうそこを駆け抜けていた。戸口からとび出し、車道を越えて、河へ河へと衝《つ》き立てられた。もう、飢えた人間が食べ物を摑《つか》むように、手摺《てすり》をしっかりと握っていた。優秀な体操選手のように、ひらりと手摺を跳び越えた、事実、彼は子供のころ優秀な体操選手として両親の誇りであった。しだいに力が抜けて行く両手で手摺の鉄棒をまだしっかりと握り、その鉄棒のあいだから、自分が墜落する音を容易にかき消してしまうであろうバスが近づいて来るのを見ながら、彼はそっと呼んだ、「なつかしいお父さん、お母さん、ぼくはそれでもあなたがたをいつも愛していたのです。」そして、手を放した。

この瞬間に、橋の上を文字通り無限の雑踏が動いて行った。

火夫

女中に誘惑され、そのために女中に子どもができてしまったので、貧乏な両親にアメリカに送られた十六歳のカール・ロスマンが、すでに船脚をゆるめてニューヨークの港に入りかかっている船の上から、もう長いこと自由の女神の像を眺めていると、ふいにそれが輝きを増した太陽の光に照り映えて見えた。そして女神の剣を持った腕が前方にあらたにさしのべられ、像のまわりには自由な風がそよいでいるように思えた。

〈これは高いや〉と、彼はつぶやいた。そして、下船のことなど全然考えずにそこにつっ立っているカールは、まわりを通っていく赤帽の数がだんだん増してくるにつれじりじりと舷側《げんそく》の手すりに近いところまで押しやられた。

航海中いささか顔見知りになった若い男がカールの横を通りすぎながら、「あんた、まだ下りたいと思わないの」と、いった。すると、「準備はできてますよ」、カールは笑いながら答え、茶目っけがあり、それに力の強い青年でもあったので、トランクをひょいと肩へ乗せた。しかし、カールがその知り合いに目をやり、その男が杖《つえ》を小さく振りながら他の人たちと遠ざかっていこうとするのを見たとき、下の船室に自分の傘を忘れてきたことに気がついてびっくりした。そこでカールは急いであまり嬉《うれ》しそうには見えないその知り合いに、悪いけどトランクのところで待っていてくれるように頼むと、もどって来るときちゃんと分るように、もう一度その場を見まわしてから、そこを足早に立ち去った。下にいってみると、大分近道ができる通路は、船客を一人残らず下船させることにきっと関係があるのであろう、この時は残念ながら閉ざされていることに気がついた。そこでカールは、のべつ脇道《わきみち》へとそれる廊下を通り、書きもの机だけがわびしくとり残された空室を通って、次から次へと続く階段を必死になって探しまわらねばならなかった。しかし、この道はほんの一、二度通っただけであり、しかも、いつも皆と一緒であったので、やがて本当に全く道に迷ってしまった。どうしたらいいのか分らないうえ、人っ子一人通らないし、ただ絶えず頭上でたくさんの人のゾロゾロと歩く足音がするだけで、もうすでに停止された機械の惰性による最後の動きがあたかも吐息のように遠くからきこえるのが分ると、カールはためらうことなく、さまよい出たところにあった小さなドアをたたき始めた。「開いてるぜ」と、中から声がしたとき、カールは心からホッとしてドアを開けた。「なんでそんな気が狂ったようにドアをたたくんだね？」と、大柄な男はカールの方を振り向くこともなしにいった。船の上の方でもう長いこと使い古されたような、どんよりした光が、一つの天窓を通してわびしげなキャビンに入りこんでいたが、そこにはまるで倉庫のようにベッドと戸棚と椅子《いす》と、それにその男が、きっちりと並んで立っていた。「道が分らなくなったんです」と、カールはいった。「航海中は全然気がつかなかったんですが、これはとてつもなく大きな船なんですね」「そう、そういうことだな」と、その男はいささか誇らしげに答え、そして、パチンとかかる音をきくために、両手でなんども繰り返して閉めている小さなトランクの鍵《かぎ》をいじりまわしていた。「ともかく、中に入ったらどうだ、外につっ立ってることはないぜ」と、その男は続けた。「お邪魔じゃありませんか？」と、カールはたずねた。「どうして邪魔することになるのかね」「あなたはドイツ人ですか」、カールはアメリカへの新参者にとって、とりわけアイルランド人が危ないということを、さんざんきかされていたので、確認のためさぐろうとした。「そうとも、そうとも」と、男はいった。カールはまだためらっていた。するとその男はふいにドアの取っ手をつかまえると、カールを中に押し入れるようにして、急いでドアを閉めた。「廊下から覗《のぞ》かれるのがいやでね」と、再びトランクいじりにとりかかっていたその男がいった。「そばを通りかかって、いちいち中を覗き込む野郎に、我慢できる人間なんてめったにいないだろうよ」「でも廊下には誰もいませんけど」と、ベッドの脚に押しつけられて窮屈そうに立っていたカールはいった。「今はな」と、その男はいった。〈今が問題なら、なにも〉と、カールは考え、〈どうやらこの人と話をするのは大変だぞ〉と、思った。「ベッドの上で足をのばしてなよ、そこならずっと楽だから」と、その男はいった。カールはできるだけ上手にはい上ったが、ひらりと上に乗りそこねた最初のときのことを思い出して声を立てて笑った。ところが、ベッドに乗るには乗ったが、すぐ大声で叫んだ。「あ、いけねえ、トランクのことをすっかり忘れてた」「どこに置いてきたんだい？」「上のデッキにですよ、顔見知りの奴《やつ》に見張っててくれって、頼んだんですけど、ええと、あいつ何ていう名前だったかな？」。そういうと、カールは母親が旅行に便利だからと上着の裏に縫いつけた秘密のポケットから一枚の名刺をひっぱり出した。「ブッターバウム、フランツ・ブッターバウム」「そのトランクはとっても大事なのかい？」「そりゃ、そうですよ」「それなら、どうして他所《よそ》の男になんかあずけたんだい」「傘を下に忘れたんで、それを取りに駆けもどったんだけど、トランクをひきずって歩く気がしなかったんでね。そうこうしているうちに、ここで迷う破目になっちゃったんです」「あんた一人かい？　ほかに付き添いはいないの？」「ええ、一人です」、〈そうだ、きっともっといい友だちはすぐには見付からないから、この男をつかまえておいたほうがいいんではないか〉という考えがカールの頭にちらっとひらめいた。「すると今となってはトランクまでなくしちまったってわけか。傘がないのはいうまでもないし」。そういうと男は、カールのことにやっといささかの関心を寄せたかのように、椅子にどっかりと腰をおろした。「でも、トランクはまだなくなってませんよ」「信ずる者に幸あれさ」と、その男はいい、黒く、短かく、濃い髪の毛を力まかせにかきむしった。「船に乗ると港々でマナーが違うのさ。ハンブルグでなら、お前さんのブッターバウムとやらもトランクを見張ってくれてたろうがね、ここではどう考えても人も物も消えちまってるよ」「とはいっても、すぐ上へ見にいかなけりゃ」と、カールはいうと、どこから外へ出ていけるかと、あたりを見廻した。「ここにじっとしてな」、男はそういうと、乱暴ともいえる手荒さで、カールの胸のあたりを一突きしてベッドへと押し戻した。「どうして、そんな」と、カールは怒ったようにきいた。「むだだからよ、ほんのちょっと待ってりゃ、おれも外へ行くから、一緒にいってやるよ。トランクが盗まれてりゃ、それで一巻のおしまい、もしその知り合いとやらが置いていってりゃ、船はもうすぐ空っぽになるから、見つけ易《やす》いっていうわけ。傘も同じこと」「船のことはよく知ってるんですか」、カールはあまり信用してない様子で尋ねた。それにお客がいなくなった船ならカールの荷物が見つけ易いという、普段なら説得力のある考えにも、何かしらひっかかるものがあるように思えた。「おれはこの船のかまたきだぜ」と、男はいった。「あなたが火夫でしたか」と、カールは嬉しそうにそう叫ぶと、ひじをつき、その男に顔を寄せてまじまじと眺めた。「私がスロヴァキア人と泊っていた船室のちょうど前に小さな窓があって、そこから機関室が見えたんです」「そう、そこだよおれが働いていたのは」と、火夫はいった。「いつも私は技術に関心があって」と、カールはいい、思いをその点に馳《は》せていた。「もしアメリカに渡らなければならないのでなかったら、きっとあとで技師になっていたでしょう」「で、なぜアメリカに来なきゃならなかったんだい?」「なぜって!」と、カールはいい、手をふって、そのいきさつの一部始終を追い払うようにした。その際に、笑いながらかまたきの方を、あたかも寛容さをみせて、自ら告白しなくてもいいことの許しを乞《こ》うかのように眺めた。「何かの事情がきっとあるんだろうが」と、火夫はいい、この事情の話を求めているのか、それとも拒否しようとしているのか、正しく理解することはできなかった。「今なら私でも火夫になれるんですね、私が何になろうと、おやじゃおふくろには、もう今となってはどうでもいいんだから」と、カールはいった。「おれのポストは空くぜ」と、火夫はいい、それを百パーセント意識してか、両手をズボンのポケットにつっこみ、だぶだぶの、革に似せた、鋼鉄のような色をしたズボンに通した足を、のばすために、ベッドの上へ投出した。そこでカールは一層壁の方へ身を寄せねばならなかった。「あなたは船を降りるのですか?」「そうだよ、今日立ちのくつもりさ」「それはどうしてです? ここが気に入らないのですか?」「うん、ここはなあ、気に入るとか、気に入らないとかで、いつも事が決るところじゃないのさ、いわれて見ればそうだが、気にも入らなかったってことかな。君が火夫になるっていうのは真面目《まじめ》に考えてのことじゃないんだろうが、えてしてそうなるものさ。だけど、ぜんぜんすすめないね。もし君がヨーロッパで勉強したかったのなら、なぜここでそうしないんだい。アメリカの大学ときたらヨーロッパのよりずっといいんだぜ」「それはそうですけど、でも私には勉強のためのお金なんかぜんぜんといっていいほどありません。ドクトルだか、市長だった気もするが、それになるまで昼間お店で働いて、夜勉強した人のことも読んだことがあるけど、でも、それには大変な忍耐がいるんでしょう? 私にはそれが欠けているのではと恐れているんです。それに私は優等生ではなかったので、学校におさらばするのは、本当のところ、そうつらいことではありませんでした。それにこっちの学校はきっともっとしぼるんでしょう？英語ときたらほとんどだめだし、それにそもそもここの人たちは外国人に偏見を持っているように思いますけど」と、カールはいった。「君ももうそれに気がついた？それは結構。それじゃ君はおれの仲間さ。おれたちはハンブルグ＝アメリカ航路汽船に属するドイツの船に乗っているんだぜ。なぜ、それなのにここがドイツ人だけとはいかないんだい。なんで機関長がルーマニア人なのさ。シューバルって奴さ。信じ難いだろう？　そして、そのやくざ野郎ときたらおれたちドイツ人をドイツの船の上でこき使いやがる。信じないだろうが」、このとき男は息切れがし、手であおいだ。――「なんの役にも立たないのに不平をいうなんて。あんたにゃ何の影響力があるわけじゃなし、あんた自身がかわいそうな男の子なことは知っているんだが。でも、こいつはひどすぎらあ」。そして、なんどもこぶしで机の上をたたき、たたいている間中、こぶしから目を離すことはなかった。「おれはな、これまでいろんな船で勤めたことがあるんだ」――そういって、まるで一つの語であるかのように、立て続けに二十の名前をあげたので、カールは混乱してしまった。「表彰されたことや、ほめられたり、船長が満足する働き手だったり、同じ商業用帆船に何年も乗ってたことさえある」――そういうと彼は今が人生の最良の時ででもあるように立ち上った――「ところがこのオンボロ船じゃ、何もかも規則ずくめになっていて、才能は使いどころがないのみか、おれときたら役立たずで、いつだってシューバルの邪魔ばっかりしていて、なまけ者ときてやがるし、追い出されて当り前、給料はおなさけでちょうだいしてるような有様さ。こんなことって分るかい？　おれには分んねえ」「ほっとく手はないですよ」と、カールは興奮していった。そして、あやうく自分が未知の大陸の岸壁に停泊している船の、おぼつかない積み荷甲板にいることを忘れて、かまたきのベッドの中でまるで家にいるような気がしていた。「あんたはもう船長のところに行ったことがあるのですか？　船長のところで自分の権利を主張したことがあるんですか」「あっちへいってくれ、向うへいっちゃってくれ。お前さんなんか見たくもねえ。お前さんときたら、おれのいうことはききもしないで、忠告するつもりかよ。いったい、どうやって船長のところへいったらいいのさ！」、そういうと火夫は疲れて、また腰をかけ、両手でもって顔をおおった。「これ以上うまく忠告することはできないな」と、カールはつぶやいた。そして、結局はばかなことと見なされるような忠告をしているより、そもそも自分のトランクを取りに行くべきなのではないかと考えた。父親がカールにそのトランクをいよいよ手渡したとき、「どのくらいお前がこのトランクを手放さずにいられるかな」と、冗談めかして尋ねたが、今では恐らくもうこれまでずっと側にいた忠実なトランクは永遠に失われてしまっていた。ただたった一つの気安めといえば、父親がどのような状況であったのか探ろうとしても、その現況について何も知り得ないことであった。船会社としてはニューヨークまでは着きましたがとだけいえるにすぎなかった。しかし、カールが残念に思ったのは、例えば、シャツはとっくに着替えるべきであったのにトランクの中のものがまだ手つかずになっていたことである。つまり、節約すべきでないところで節約したことになり、人生の第一歩、ちゃんとしたいでたちが必要であるまさにこの時に、よごれたシャツで人前に出なければならなかったのである。それ以外にはトランクの紛失はそれほど苦にはならなかった。というのもカールが今着ている服はトランクの中のものよりずっとましであり、トランクの中のものはといえば、母親が旅立ちの直前まで繕わねばならなかった代物《しろもの》だったからである。そのときまたカールはトランクの中にまだ母親が特に餞別《せんべつ》にと入れてくれたヴェローナ・サラミ（ソーセージ）があって、航海中全く食欲がなく、三等船室でサービスされたスープで十分すぎるほどであったので、そのサラミはほんのちょびっとかじっただけであることも思い出した。しかし今、火夫に進呈するためにそのソーセージが手元にあったらなあと思った。というのはカールはこのような人たちには何かちょっとしたものをさりげなく握らせさえすればたやすく連中を味方につけることができることを父親から習っており、父親が商売をするのに下っぱの使用人の相手をしなければならないときは、この連中に葉巻をばらまくことによってうまくやれることを知っていたからである。このときカールがお礼にあげられるものとしてはお金だけしかなかった。そして、もう恐らくトランクがなくなってしまっている今となっては、さしあたりそのお金には手を触れたいとは思わなかった。もう一度トランクのことに考えをめぐらすと、カールは航海中に睡眠を犠牲にしてまであんなに見張っていたその同じトランクをこんどはなぜあんなにやすやすと持逃げされてしまったのか本当に理解に苦しんだ。五日間の夜のことを思い出すと、その期間中、カールは自分の左手の二つ先のところに寝ていた小柄なスロヴァキア人のことを、カールのトランクに目をつけているあやしい奴だとずっと注意していた。このスロヴァキア人はカールが弱ってつい一瞬まどろんだら、そのとき、日中いつもそれで遊び、あるいは練習している長い棹《さお》でトランクを手元に引きよせようと待ち受けていた。昼間このスロヴァキア人はいかにも罪のないように見えたが、夜になるや否《いな》や時折りベッドの上におき上がり、悲しげにカールのトランクに目をやった。カールはそのことをちゃんと見抜いていた。というのも、移住の不安のせいかあちこちで誰かれとなく、船の規則では禁じられているにも拘《かかわ》らず、小さな火をともして、移民代理店のわけの分らない案内書を判読しようとしていたからである。そんな明りが近いとき、カールはいささかまどろむことができたが、しかし、遠くの方であったり、薄暗いときには、目をパッチリと開けていなければならなかった。この緊張はカールを本当に消耗させた。しかし、今となってみると恐らくそれは全く無駄なことであった。あのブッターバウムの奴め、いつかどこかで出会ってみるがいい！

この瞬間、外の遠くの方から、これまで静まり返っていた船室へ、子どもの足音のように弱い小刻みな物音が響いてきて、それが近くなるにつれてより大きな音になり、男たちの静かに歩く足音となった。この人たちは狭い廊下では当然のことだが明らかに一列になって進んでいて、武器のガチャガチャいうような音も聞えてきた。トランクやスロヴァキア人についてのありとあらゆる心配ごとから解放されて、ベッドにもぐり込んで一眠りしようと、もうベッドに入りかけていたカールはびっくりして、火夫が何とか気づくようにと、つっついた。というのも、一行の先頭が二人のドアのところにちょうど来たと思ったからである。「船の楽隊さ、上で演奏をすませて、楽器を荷造りに行くのさ。これで万事おしまい。さあ、行こう。ついといで」と、火夫はいった。彼はカールの手をとると、最後にベッドの上の壁にかかっている聖母の額をはずし、胸のポケットに押し込んでから、トランクを持って、カールをつれ、急いで船室を後にした。

「これから事務室に行ってお偉方におれの考えでもきいていただくか。船客も一人残らず降りていなくなっているし、遠慮なくいわしてもらうとするか」。火夫はこういう意味の言葉をニュアンスを変えて繰り返すと、歩きながら道を横切ろうとした一匹の鼠《ねずみ》を横に蹴《け》りざまに踏み付けようとした。しかし、ちゃんと間に合うように穴のところにいた鼠を一層速く穴の中に走り込ませただけであった。この男はそもそも動作がゆっくりしており、長い足を持ってはいたが、重たくて、ひきずるようにしていた。わざとよごしてきたなくなったエプロンをしている女の子たちが大きな洗い桶《おけ》の中で食器を洗っていた調理場を二人は通り抜けた。火夫はリーネとかいう女を呼び寄せ、片手を腰にまわすと、ちょっとの間並んで歩いたが、彼女はずっとしなを作りながらまわされた手に身体《からだ》を押しつけるようにしていた。「さあお給金をいただかなきゃ。おい、一緒に来るかい」と、火夫は尋ねた。「なんで私がわざわざ行かなきゃいけないのよ。こっちへお金を持ってきてくれた方がありがたいわ」と彼女は答えると、火夫の腕の下をするりと抜け、向うへかけていった。「いったいどこでこのかわいらしい子をみつけてきたの」と、走りざまに叫んだが、もう返事を待とうとはしなかった。

すると仕事の手をとめた、女の子全員の笑い声がきこえてきた。

さて、二人が先に進んで行くと、とあるドアのところにでた。そのドアは上の方には金メッキのほどこされた女の人の像のついた小さな柱で支えられた小型の切妻形の装飾がしてあった。それは船の装飾としてはまったくぜいたくなように見えた。カールは気がついてみると、一度としてこの場所に来たことはなかった。ここは航海中恐らく一等と二等の船客専用になっていたのであろうが、船の大掃除の前である今は仕切りになっていたドアがとり払われていた。二人は事実ほうきを肩にした数多くの男とも出会ったし、その連中は火夫に挨拶《あいさつ》をして通った。カールは自分のいた中甲板では考えても想像できない大にぎわいにびっくりしてしまった。廊下ぞいに電線が走っており、小さな鐘の音はしょっちゅうきこえてきていた。

火夫はうやうやしくドアをたたき、「どうぞ」という声がきこえると、カールを手まねきして、恐れないで中に入るようにすすめた。カールは入るには入ったが、ドアのところに立ったままでいた。部屋にあった三つの窓の向うには海の波が見え、そして、それが嬉しげに動いているのを見たとき、あたかも五日間もの長い間ずっとそれを見続けていたのが嘘《うそ》のように胸が高鳴った。大きな船の通る道がお互いに交差して、その重量が許容する限りの大きく打寄せる波を交換していた。目を細めて眺めると、これらの船は自分の重さのためだけで揺れているように見えた。マストには、細いが長い旗がかかげられ、これらの旗は航行中のためピンとしていた。しかし、それでもなお時折りはためいていた。軍艦と思われる船からの礼砲の音がいくつか響き渡り、さして離れていないところを通るそれらの船のうちの一隻に並んだ砲身が鋼鉄のおおいを反射で輝かせながら、しっかりした足取りで、なめらかだが、けれども水平ではない航行のために、あやされて進んでいるように見えた。小さな船やボートは少くともカールのいるドアからでは遠方でだけ、大きな船の間で群がるように河口に入り込んでいくのが観察されたにすぎなかった。だがそれら凡《すべ》ての後にはニューヨークが姿を見せ、摩天楼の何十万もの窓からカールを眺めていた、その通り、この部屋でなら、人はどこにいるのか知り得たのである。

丸い一つのテーブルを前に三人の男が坐《すわ》っていた。そのうちの一人は船の士官で紺色の船員のユニホームを着ており、他の二人は港湾局の役人で黒い色をしたアメリカの制服を着ていた。テーブルの上には様々な書類が高々と積み上げられてあり、それを士官がまずペンを手にしたまま、さっと目を通してから他の二人に渡していた。二人は、ほとんど絶え間なく歯でカタコトと小さな音をたてている方が同僚に記録に書くことを口述していないときには、書類を読んだり、何か抜き書きをしたり、カバンに入れたりしていた。

窓のところにはドアに背を向けて小柄な一人の男が書きもの机に坐っていて、目の前の頭の高さにあるがっちりした本棚の上に並べられた大判の帳簿をいじくりまわしていた。その男の横には開かれた、少くとも一瞥《いちべつ》しただけでは空の金庫が立っていた。二番目の窓のところは何もなく、そこからは一番いい眺めが見られた。しかし、三番目の窓のところには二人の男が立っていて、低い声で話をしていた。そのうちの一人は窓の横に寄りかかっていたが、この男も船員の制服を着ており、刀のつかを弄《もてあそ》んでいた。その男と話をしていた人の方は窓に顔を向けており、もう一人の制服の男の胸に輝いている勲章の列の一部がその人が身体を動かすと、時々顔を見せた。この人は私服で細身の竹の杖を持っていたが、その人物が両手を腰にしっかりとあてていたので、この杖もこれまた刀のように横に突きでていた。

カールはすべてを見てとるほどのたっぷりした時間がなかった。というのもすぐさま給仕が二人のところにやってきて、あたかも火夫がここにはふさわしくないかのような一瞥をくれると、どんな用なのかと彼に尋ねた。火夫はきかれたのと同じような小声で経理係長と話がしたいと答えた。給仕は自分としては手の動きでこの願いはきいれられないことを示したが、それでもぬき足さし足で、円い机を大きく迂回《うかい》して帳簿を持っていた人のところへ行った。この人は——明らかに分ったことだが——給仕の話に文字通りびっくりしたにも拘らず、それでも最後には、この人と話をしたいと願っていた男の方へと振り向いた。そしてそのあときっぱりことわるように火夫と、それに念のため給仕にも手を振った。そこで給仕は火夫のところに戻り、彼に何かを打ち明けるかのように、「すぐさまこの部屋から出ていきな」と、いった。

火夫はこの答をきくとカールの方を、あたかもカールが火夫の苦悩を無言で訴えられる恋人であるかのように見た。カールはもうそれ以上躊躇《ちゅうちょ》することなく行動を開始し、部屋をななめに横切って走り、士官の椅子に軽くさっとかすりさえした。給仕はまるで虫でも追いかけるかのように肩をすぼめて後を追い、捕えようと手をのばしたが、カールの方が経理係長のテーブルに着くのが早く、給仕が引っぱって行こうと試みる場合のことを考えてしっかりとそれにつかまった。

当然のことながら部屋の中はすぐさま騒がしくなった。机に向って腰を降ろしていた船の士官はすっくと立ち上り、港湾局のお役人は静かにしかし、注意深く事態を見守り、窓際《まどぎわ》の二人の紳士は並んで前へと出てきた。給仕はといえば、もうお歴々が興味を持ったその場にいる必要はもはやないものと見てとって、ややひき下った。ドアのところにいた火夫は緊張して自分の出番が来るのを待った。ついに経理係長が肘《ひじ》かけ椅子に腰を降ろしたままぐるっと大きく弧を描いて右へ廻った。

カールはその場にいた人々の目にさらすのをためらわず、秘密のポケットからパスポートをとり出すと、自己紹介のかわりにそれを開いて、机の上に置いた。経理係長は二本の指でそれを横にどけたところからみるとどうやらこのパスポートを枝葉末節なものと考えたらしかった。しかし、カールの方はまるで手続きがうまく済んだかのようにポケットの中にパスポートをもどした。

「一言述べさせていただきますが、私の考えではこの火夫の方に対して不正が行われています」と、カールは口をきった。「ここにシューバルとかいう人がいて、その人がそれをしているのです。火夫の方は必要ならば名前もあげることができますが、数多くの船に乗った経験があり、そこで何らの不満もなく勤めてきました。働き者で、仕事を愛しています。それですから、商業帆船なんかと比べるとそれほど仕事がきつくないこの船でなぜうまくいかなかったのか、本当に理解できません。ですから、きっと、昇進をさまたげるための中傷か、さもなければ必ず認められるはずの正当な評価の報奨金をうばう中傷があるに違いありません。私が申し上げているのはこの件についての一般的なことだけで、一つ一つの具体的な苦情につきましては皆様に本人が申し述べます」。カールはこの申し立てをそこにいた人たち全員に向ってした。というのも本当に全員が耳を傾けていたし、そして、ちょうど運よく経理係長がたった一人正義を愛する人であるのより、これらの人の中にせめて一人は正義の人がいるというほうがはるかに可能性がありそうに思えたからである。カールが火夫とほんの短い期間だけ知り合いであることはちゃっかり黙っていた。それにまた、カールが今立っている場所から初めて見えた竹杖を持った紳士の赤ら顔に混乱させられなかったならはるかに上手に話せる筈《はず》であった。

「一言半句といえども嘘いつわりはございません」と、誰かが火夫に尋ねる以前、いやそれどころか目をやる以前に火夫は答えた。火夫のせっかちさ加減は、もし、今、カールにははっきりしたが、きっと船長に違いない勲章をつけた男が火夫の言い分をきこうと明確に決心していなかったら、大きなミスになりかねないところだった。そこで船長は片手をポケットから出すと、ハンマーで一発くらわすようながっしりした声で、「こっちへ来たまえ!」と、火夫に叫んだ。今や凡てのことは火夫のふるまいしだいであった。というのもカールはこの件に関して火夫の正当さを疑っていなかったからである。

このときになって、火夫はもうこの世をたっぷり渡り歩いていることが幸運なことに明らかになった。非のうちどころのない落着きぶりで小さなトランクから一束の書類と一冊の手帳をつかんでとり出すと、あたかも自《おの》ずから明らかであるかのように、経理係長を全く無視して、その書類を持って船長のところへ行き、窓枠の台のところへ証明のための書類をひろげて見せた。経理係長にとっては自らそこへ乗り出す以外のなんらの手段もなかったのである。「その男は誰でも知っていますが不平ばっかりいっている奴で」と、説明していった。「機関室より経理に入り込んでいる方が多いくらいです。その男ときたらあのもの静かな人間であるシューバルを全く絶望させているのです。まあ、お聞き下さい」。そういうと火夫の方に向きを変え、「お前ときたらもう本当にどこまであつかましいのやら、もうなんど経理から追い出されたのだ。そうなったのもお前の要求というものが本当にどれもこれも例外なしに全く不当なものだからなのさ。一体何回経理から主計本部に駆け込んだんだね。シューバルがお前の直属の上司なのだから、その下で働く者としてはシューバルと話をつけなければだめだとなんどおだやかに言ったことやら。それなのに今もまた、船長がここにいるときにやってきて、船長にまでご迷惑をおかけして、それを恥じないばかりか、その上この船でそもそも初めてお目にかかる小僧っ子をお前さんのヤボな告訴とやらの同調者に仕立てあげて連れてくるなんて！」

カールは飛び出して行きたいのをやっとのことで思いとどまった。しかし、すでに船長もその場にいて、「一度この男のいい分もきいてやろう。それはそれとしてこのところシューバルはあまりに自分勝手にやりすぎるように私には思えるところがあるし、といってもお前が有利にと思っていっているのでは全くない」と、いった。この最後の句は火夫に向けられていたが、船長がいきなり火夫の味方をすることができない相談なのは当然のことで、凡ては順調に進みそうに思えた。火夫は自分の意見を説明し始め、すぐ最初から自制して、シューバルを「さん」づけで呼んだ。カールは誰もいない経理係長の書きもの机の横で嬉しさの余り、そこにあった手紙秤《ばかり》を何度も繰り返して指でつっついて下に押してみていた。——シューバルさんは公正じゃありません。シューバルさんは外国人の方を優遇するのです。シューバルさんはかまたきの私を機関室から追い出して、便所掃除をさせるのですが、だけどこれは決してかまたきの仕事じゃないはずです。——そして一度はシューバル氏の能力について、本当に力があるというより、見かけ上のものだという疑いさえも表明した。この言葉が発せられたとき、カールは彼の同僚であるかのような一種の安心感と、また火夫のいささか巧みさを欠く表現方法が当人の不利益に影響しなければいいがと気遣いながらじっと船長を見つめた。なにしろたくさんしゃべったけれど、誰も何をいおうとしているのかよく分らなかった。そして、船長は船長でそれでもなお、今回は火夫の言い分を終りまできいてやろうという断固たる決意を目にあらわして前をじっと見つめていたが、とはいえ他の人たちにはしだいに辛抱できないものになってきていた。やがて火夫の声はもうその場の支配権を失い、このことは先行きを案じさせた。まず最初に私服を着た紳士が竹の杖で、小さな音ではあるにせよ、コツコツと寄木細工の床をたたき始めた。もちろん他の人たちは時折り彼の方を眺め、明らかに急いでいた港湾局の役人たちは再び書類を手にすると、まだいささか困惑のていではあったが、それを調べ始めた。船の士官も机をまた引き寄せ、そして、もう自分の勝を信じて疑わなかった経理係長は深々と皮肉な嘆息をした。一般的に拡《ひろ》がってきた無関心の外にあったのは給仕だけで、偉い人に仕える下《した》っ端《ぱ》への同情からあわれな人間に共感を感じており、まるで何かをはっきりと表明するかのように、カールに真面目な顔でうなずいていた。

その間にも窓の外では港のいとなみがつぎつぎと行われていった。樽《たる》を山と積み上げた平らな荷物船が通り過ぎ、船室がそのために暗くなったが、樽がころげ落ちないところを見ると、それは余程見事に積み上げられているに違いなかった。もしカールに時間さえあれば今ちょうど見ることのできる何艘《そう》かの小さなモーターボートが、舵《かじ》のところにすっくと立っている一人の男の激しく動く腕に操られて一直線にうしろを見せて遠ざかって行った。何やらざわめく波間にプカプカ浮いているものが、ここかと思えばむこうでと姿をみせていたが、またすぐ遠くなり、びっくりして眺めていた視界から沈むと、きびきびとオールを動かす水夫たちの乗った外航船のボートが何艘か通り過ぎ、そこには文字通りすし詰めの乗客が静かにしかも期待に満ちた顔つきで坐っていたが、その中の何人かの人は首を廻して移りゆく景色を眺めるのをこらえることはできかねる様子であった。落ちつきのない因子によりひきおこされたやむことのない動揺、不安というものが、寄るべのない人々とあてのない仕事へとひろまっていった。

しかしながら周囲の状況は事を急ぎ、はっきりさせ、まさに正確な描写をすることを要求していた。ところが火夫ときたら何をしていたであろうか？　確かに汗をかきかきしゃべり続けたが、もう長いことぶるぶるとふるえる両手で窓枠の台の上の書類を押さえることもできなくなっていた。彼にはシューバルへのありとあらゆる苦情が浮んできて、そのたった一つだけでシューバルを完璧《かんぺき》に蹴落すのに充分に思えたが、船長に開陳できたことといえば、ありとあらゆることのうち、ただ、あわれみを誘うようなどうにもならない混乱であった。竹の杖を持った紳士はもう長いこと天井に向って静かに口笛を吹いており、港湾局のお役人たちはもう士官を自分たちのテーブルに釘《くぎ》づけにして、もう全然業務から解放させはしないという顔付をしていた。経理係長は経理係長で明らかに船長が平静さを保っていたがためにのみ飛出そうとするのをこらえていたし、給仕も給仕で船長が火夫を片付けろという命令を下すのを今か今かと気をつけの姿勢で待ち受けていた。

今となってはもうカールは何もせずにいることはできなかった。そこでゆっくりと皆のところへ進んでいったが、その途中で、どうやったらもっともうまくこの事件に頭をつっこめるかと素早く考えをめぐらした。機は本当に熟していた。もうすんでのところで、二人はほとんど間違いなく事務室からたたき出されるところであった。船長はよい人であったろう、それにそのほかカールが見てとったように、ちょうどその時、何か特別な理由があって、正しい上司であることを示そうとしていた。しかし、とはいえ、船長だって所詮《しょせん》、いつまでもわいわい吹き込まれても平気な楽器ではなかった。それなのに火夫ときたら、心の中の中まで見さかいのつかないほど憤激していたとはいえ、まさにそのように振舞ったのである。

そこで、カールは火夫に向っていった。「あなたはもっと簡単明瞭《めいりょう》に話さなければだめです。あなたのような話し方では船長さんには判断ができないじゃないですか。船長さんが機関士やメッセンジャーボーイの一人一人の苗字《みょうじ》や、ましてや名前を知っていて、あなたがそんな名前の一つを口にしただけで、すぐそれが誰のことだか分ると思っているんですか？　ですからまず、あなたがうったえようとしていることを整理して、まず、一番大事なことを最初にいい、それから順番に他のことを述べれば、たぶんきっと大部分のことはもういう必要がないと思いますよ。だって、あなたは私にはいつもとってもはっきりと説明していたじゃないですか」。カールは、アメリカではトランクだって盗まれるのだから、ときにはうそぐらいついたって、という口実を考えていた。

せめて役にさえ立てば！　きっともう間に合わないのじゃないかしら？　とはいえ、火夫はきき覚えのある声を耳にしたとき、すぐに黙った。しかし、はずかしめを受けた男の名誉も、つらかった思い出も、今この場でのこれまで最大の苦悩も、涙でもってすっかりかくされてしまった彼の目では、もはやもうカールもよく見分けることができなかった。今となってどうしろと――カールはそのことが今は黙ってしまっている火夫に面と向ったとき、口をきかないでもよく分ったのである――どうして今急に話し方を変えられよう、いわなければならないことを洗いざらいいってしまっているように彼には思え、なに一つ認めてもらえず、一方では何もまだいっていないが、もう一度全部始めから聞いて下さいとは今さらもうこの場にいる人たちにはたのめないように思えた。そして、このような時点になってもなお、火夫の唯一《ゆいいつ》の味方であるカールが来て、火夫によい教えをたれようとし、ところが教えのかわりに、火夫になにもかも凡てのことがだめになったことを示しているのである。〈窓から景色を眺めていないで、もっと早く来ていたら〉と、つぶやくと、火夫の前で頭を下げ、もう希望は何もかもなくなってしまったという印に、ズボンの縫い目沿いに両手をのばし、それを軽くポンと打った。

ところが火夫の方はこの仕草を誤って理解し、カールが自分を何かひそかに非難していると感じて、カールを説得して思いとどまらせようという善意からではあったが、自分の行為をエスカレートさせ、このときになってカールと口論し始めた。けれども今となっては、丸いテーブルについていた人たちは自分たちの大切な仕事が妨げられるのでこの無益な騒ぎにひどく腹を立てていたし、経理係長には船長の忍耐がしだいに理解不可能なものとなって、もはや爆発寸前に近かった。給仕も再びすっかり主人たちの傘のもとに入って、興奮した目つきで火夫に照準を定めていたし、そして、船長でさえ折にふれて好意的まなざしをなげかけていた例の竹杖をもった紳士まで、もう全然火夫のことは気にしなくなった。というより嫌気がさしてきたのか、小さな手帳をとり出すと、明白に全く別のことに心を奪われて、目を手帳とカールの間をなんども往復させていた。

「ええ、それは知っていますよ」と、カールはいって、この期《ご》に及んでカールに向けられた火夫の冗舌に手をやきながらも、それでもなお口論の間に余裕を持って彼に友好的なほほえみを見せていた。「そうですとも、その通りです。私は疑ったことなんかありませんよ」。できるなら振りまわされている手でなぐられないように、その手を押えつけたいと思ったし、もちろんできるならばどこかすみの方へ彼を押しつけて、ほかには誰にも聞かれないようにしてほんの二言三言気を静めさせるようなことを小声で耳打ちしてやりたいと思った。

ところが火夫はすでにとどまるところを知らなかった。カールは今ではもう、火夫がいよいよという場合に絶望の力でその場に居合せている七人の人間をやっつけることができるかもしれないという考えの中にある種のなぐさめすら見出《みいだ》し始めていた。書きもの机を一瞥すれば、そこには電線につながっているあふれんばかりのスウィッチのついたパネルが置かれているのが見え、片手で、単にそれを押しさえすれば、敵意に満ちた人間で通路はうずまり、船もろとも反抗ののろしをあげることができた。

そのときである。これまでいささかの関心も示さなかった竹の杖を持った紳士がカールのところにやって来て、とりわけ大声というわけではないが、火夫のどなりちらすわめき声にも拘らずはっきりと聞える声で、「そもそも、君は何ていう名前だね」

と、尋ねた。この瞬間に、まるで紳士のこの言葉をドアの向うで待っていたかのように、ドアをノックする音がきこえた。給仕が船長の方をみやると、船長はうなずいてみせ、そこで給仕は入口のところへいき、ドアを開けた。外には古いフロックを着た中肉中背の一人の男が立っていた。見るからに機関士には向いていない様子だが、とはいえそれが――シューバルだった。たとえカールが、船長ですらその例外とはなりえなかった並居る人たちの目にある種の満足げな様子が浮ぶのに気がつかなかったとしても、火夫にあらわれた驚きを見ないわけにはいかなかったであろう。彼はピンとつっぱった腕に両方のにぎりこぶしをぐっとかためたが、それはあたかもそのにぎり方が彼が生涯に得たすべてのものをもう犠牲にしてもいいほど彼にとっては最も重要であるかのようであった。いまや彼はありったけの力をそこに集中し、また、その力が火夫にともかくも直立の姿勢をとらせていた。

さて敵は、こだわりのない、はつらつとした男で、よそいきの服をきており、脇の下に帳簿を持っていたが、恐らくは火夫の支払表と就業報告であろう。彼は臆面《おくめん》もなく、あらかじめ一人一人のごきげんがどんなものであるか確認しておこうと、並んでいる人たちの目からそれを読みとろうとしていた。その七人はもうみんな味方であった。たとえ船長が以前には彼に対していささか文句があったとしても、あるいは、おそらくそれを口実に使っていたのかもしれないが、火夫が船長にあんな迷惑をかけてしまった後では、もはやシューバルを非難するいささかの理由もないことは明らかのようであった。火夫のような人間にはどんなに厳格な処置をとっても厳しすぎることはない。そして、もしシューバルのことを何かしら非難できるとすればただ、これまでに火夫の反抗的性質を、船長の前に現われるという大胆な真似《まね》などもう今日ではできないくらいにやっつけておかなかったということだけであった。

火夫とシューバルの対決はより上の裁きの場においてもそれにふさわしい効果を、人々の面前でまだあらわすであろうと想像することは可能であった。というのも、シューバルも巧みに猫をかぶることはできても、最後までそれを通せるかどうかはまったく確実ではなかった。その邪《よこ》しまな気持がちらりと見えさえすれば、それだけで、ここにいる人たちにはっきりさせることができよう、そこでそのことをカールはもう配慮しようとしていたのである。というのもすでに大体のところここにいる一人一人の人たちの頭のよさ、弱点、気分については知っていたからで、この観点からすれば、これまでここで過した時間も無駄ではなかった。ただ火夫がもっと上手に始めればよかったのに、全く戦闘能力を喪失しているように見えた。もし誰かが火夫のためにシューバルを押えていてやったら、奴の見るもけがらわしい頭をげんこつでたたきわることもできたであろう。ところがたったの二、三歩奴の方に近付くことも、もうできない相談であった。シューバルが自発的にか、そうでなければ船長の呼出しで、遅かれ早かれ来るに違いないというのはいともたやすく予見できたにも拘らず、なぜカールはそれを予想していなかったのであろうか。現実にそうなってしまった。そこにドアがあるから、単にそこへ行くという度し難い無計画さのかわりに、なんで火夫とこちらへ来る途中で詳細な戦闘計画を話し合っておかなかったのか。そもそも、うまく事が運んだときには、身近に差しせまっている反対尋問に際して必要になる「はい」とか、「いいえ」とか言うことを火夫は話せるのか。彼はそこに立っていた。足は開き、膝《ひざ》は定まらず、頭はやや上向きで、空気が開かれた口を出たり入ったりしていたが、まるでその中へ吸いこむ肺が中にはもうないかのようであった。

ところでカールはおそらく故郷の家では一度もそうでなかったほど力がみなぎり、分別があるのを感じていた。もし彼の両親が、見知らぬ土地で偉い人たちを前にして善というものを擁護し、たとえまだ勝利を得るところまで行っていないにせよ、その準備は完全になされているそんなカールを目にすることができたなら！　カールについての考え方を変えるであろうか？　自分たち二人の間にカールを坐らせて、ほめてくれるであろうか？　二人にこれほどまでに従順な彼の目を一度、せめて一度たりとも見るであろうか？　それは不確実な問であり、尋ねるには適当でない瞬間であった。「私が参りましたのは、このボイラー係がなにかいい加減なことで私を悪人に仕立てようとしていると考えたからで、調理場で働いている一人の女の子が私にこちらへ行くのを見たといったからです。船長、それにここにお集りの皆様がた、私は一つ一つの訴えを私の持っておりますす帳簿で、またもし必要とあらば、ドアの外に待たしておりますす公平で、誰かれの指図を受けていない証人たちの証言によってくつがえす用意ができております」。このようにシューバルは述べたてた。これは一人の男の明晰《めいせき》な弁舌で、聴き手の顔に現われた変化から察するに、長いこと耳にしたことのない人間的な響きを再びきいたと思っていると判ずることができた。だが、この見事な語り口にもいくつもの穴のあることにはきっと気がついていなかった。なぜ彼が思いついた最初の具体的な言葉というのが「いい加減なこと」なのであろうか？　それが民族的なえこひいきということの代りにここで開陳されるべき訴えであったのであろうか？火夫が事務室の方へ行くのを調理場の女の子が見ると、シューバルにはすぐそれが何を意味するかピンとくるというのは？　頭がよくまわるというのは罪の意識からではなかったのか？　そして、すぐさま証人を連れてきて、そのうえその人たちのことを公平で、誰かれの指図を受けていないというのは？　詐欺《さぎ》としかいいようのない、とんでもないいんちきだ！　ところでその場の紳士の皆様はこれを我慢して、しかもそれを正しい態度だと認めるのだろうか？　調理場の女の子の通報と自分がここにやってくることの間に疑いもなく非常に長い時間をおいたのはなぜか？　それは火夫が紳士たちをくたくたにさせ、シューバルが何よりもまず恐れていたちゃんとした判断力をだんだん失わせることが目的なことは明らかであった。間違いなくもう長いことドアの向うに立っていたシューバルは、例の一人の紳士が本筋とは関係のない問を発したので、火夫の件は片付いたという望みが出てきたからこそ、その瞬間にやっと初めてドアをノックしたのではないであろうか。

すべてのことは明白であった。そして、しかもそのうえシューバルの手によって思わず知らず提供されたのであるが、紳士方には別なかたちでもっと誰にでも分るように提示されねばならなかった。みんなに気付かせることが必要であった。さあ、カール、急ぐのだ。せめて証人たちが入り込んできて、なにもかも申し立ててごちゃごちゃになる前に、時間を有効に使うのだ。

ところが、ちょうどそのとき船長はシューバルに退《さが》るように合図をしたので、シューバルはすぐさま——というのは彼のかかわる用件がしばらくの間延期になるのだと思ったからで——わきへ退いて、すぐシューバルの味方になった給仕と小声でおしゃべりを始め、時には火夫やカールに流し目をくれたり、自信たっぷりな手まねをしてみせたりした。シューバルはそうやって次の説明の練習をしているように見えた。

「ヤーコブさん、あなたはこの若い人に何か尋ねたかったのではございませんか」と、船長はあたりが静まりかえっている中で竹の杖《つえ》を持った紳士に言った。

「そうでしたな」と、その人は心遣いに感謝するようにいささか頭を下げて、それから、もう一度、「君の名前は何というんだね」と尋ねた。

カールはこのしつっこいきき手の飛びこみ質問を早く片付ければ、主要案件の利害にプラスになると考え、いつもするようにパスポートを提示して自己紹介をすることは、これからそれを探さないといけないので、そうせずに、手短かに「カール・ロスマン」とだけ答えた。

「やれやれ」と、ヤーコブと呼ばれた人はいい、最初はほとんど信じていないことを示す笑みを浮べながら引き下った。船長も、経理係長も、船の士官も、それに給仕に至るまで、カールの名を聞くと明らかに非常に大きな驚きの色を浮べた。ただ、港湾局の役人たちとシューバルだけが無関心であった。

「やれやれ」と、ヤーコブ氏は繰返すと、いささかぎこちなく堅くなった足を引きずってカールのところに来て、「それじゃ、私はお前の伯父のヤーコブで、お前は私のいとしい甥《おい》というわけか。ずっとそんな気がしていたが」と、船長にいい、カールが黙ってなすがままになっているのを、抱き寄せてキスをした。

カールは伯父の腕がときはなされたのが分ったとき、とてもいんぎんにではあるが、なんらの感動もなしに、「お名前はなんとおっしゃいましたっけ？」と尋ねた。そして、この新しいできごとが火夫にもたらすであろう利益を計ろうと努めた。さしあたり、シューバルがこの事件から利益を得る徴候はどこにも見当らなかった。

「ところで、お若い方、あなたはご自分の幸運を理解なさらなければ」と、船長はいった。船長にはカールの質問でヤーコブ氏の人間としての尊厳が傷つけられたように思えたからである。ヤーコブ氏は窓の方へ向いて立っていたが、これは明らかにハンカチでぬぐっていた感動にむせぶ顔を他の人に見せたくなかったからであった。「こちらは上院議員のエドワード・ヤーコブ氏で、あなたの伯父さんだとおっしゃっておられる。あなたが思ってもみなかったような、素晴しい人生が今やあなたを待ちかまえているのですよ。この瞬間にできるだけでも、そのことを理解しようと努めるのです。さあ、しっかりしなさい」

「私にはヤーコブという名の伯父がアメリカにおるにはおりますが」と、カールは船長に向っていった。「でも、私が間違いなく理解したとすれば、ヤーコブというのはこの上院議員の方の姓ですね？」

「そうだよ」と、船長は期待にみちていった。

「ところで、私の母の兄であるヤーコブ伯父は名前がヤーコブで、姓の方は母が嫁にいく前の姓ベンデルマイヤーと同じであるはずです」

「皆さん」と、上院議員はもとのようにしっかりとなって、窓のところから元気よく戻ってくると、カールの説明に対して叫んだ。すると港湾局の係員を除いて全員が笑い出し、ある者は感動のあまりという風に、また、ある者はどう理解していいか分らぬ風であった。

〈ぼくがいったことはそんなに可笑《おか》しいことだったのだろうか、いや決してそんなことはないはずだ〉と、カールは考えた。

「皆さん」と、上院議員は繰り返した。「皆さんは私の、それに、皆さん方ご自身の意志に反して、わが家のあるちょっとした出来事に関与することになってしまい、そのためここで皆さんに説明をしておかないといけなくなってしまいました。というのも、私が思いますのに船長だけが一部始終を知らされているようですから」と、述べたあと、二人は目を見合わせて軽く頭を下げあった。

〈さあ、こんどこそ本当に一語もききもらさないようにしなけりゃ〉と、カールは自分にいってきかせ、ちらっと横目で見ると、火夫の姿に生気がよみがえり始めたのに気がついて嬉《うれ》しくなった。

「私はもう永年に亙《わた》りアメリカに滞在しております――滞在といいましても、この語は根っからのアメリカ市民である私にはこの場合あまり適当なものとは考えませんが――すでに永年に亙りヨーロッパにおります私の親戚《しんせき》とは全く消息を絶ったまま暮しております。その理由ですが、まず第一にここで述べる筋合ではありませんし、第二にそれを話すことは本当に私をかっとさせると思うのです。それどころかいずれ私がきっとそのことをこの可愛《かわい》い甥に話さねばならなくなる、その時のことを恐れているのです。というのもその時にはこの子の両親や、その家のことを残念ながら包みかくさず話すことをしないわけにはいかないからです」

〈これは間違いなくぼくの伯父だ〉と、自分にいってきかせ、〈恐らく自分の名前を変えたのだな〉と、耳を澄ませた。

「目下私の愛する甥は自分の両親にあっさりと――事実そのものを本当に示す一言で言うなら――猫が怒ったときドアの外に投げ出されるように、ポイと投げすてられたのです。甥は自分のやったことのひどい罰をうけたのだから、私はそれをいいつくろう気は全くないが、こいつの落ち度というものはそれをただいうだけでもう充分許されるに価するくらいのものなのです」。〈これはきかせるぜ、でも、あらいざらい話されるのはこのましくないな。それにそもそも知っているわけがないし、一体どこから知ることができるというのか〉と、カールは思った。

「こいつはですな」と、伯父は続けた。そして、自分の前で床につっぱっている竹の杖に身をもたせかけ、さもなければどうしても出てくる不必要な格式ばったことを文字通りうまく片付けて、「こいつはですな、ヨハンナ・ブルンマーという、三十五歳ぐらいの女中に誘惑されましてな。『誘惑された』といういい方で甥を刺激するつもりは毛頭ないが、でも、同じようにぴったりした他の語を見出すのは困難なものですので」と、いった。

すでに伯父の方にかなり近付いていたカールは頭をめぐらして、この話がどのような印象をここにいる人たちに与えたかを読み取ろうとした。誰もそれを笑う者はなく、皆は辛抱強く、真面目《まじめ》にきき入っていた。そもそも、上院議員の甥の身におこったことを初めての機会に笑うなんていうことはあり得ないのである。あり得るとすればもう、たとえほんのちょっぴりとはいえ火夫がカールのことを笑ったことだが、しかしこのことはまず第一に新しい生のしるしとして喜ばしいことであり、第二に、カールが今では皆に大っぴらになったこのことを以前に船室では絶対明かせない秘密にしようとしていたのだから、許せないことではなかった。

「そこですなわち、その女中のブルンマーが、私の甥との間に子どもをもうけたのだが、健康な子でしてな、洗礼のときヤーコブという名がつけられたのです。これはまさしく私のことを考えてのことで、甥はたまたま話のついでになんとはなしに私のことを話したものと思いますが、それがこの女に強い印象を与えたに違いありません。運のいいことにとでも申しておきましょう。両親は養育費の支払やら、自分たち自身がスキャンダルに巻き込まれるのを恐れて——ここで強調しておきますが、私は向うの法律も、両親の暮らし向きも存じておりません——、要するに両親は養育費の負担を避け、スキャンダルから逃れるために、自分たちの息子、すなわち、私の可愛い甥をアメリカに送りとどけたというわけで、ごらんの通りの全く無責任なひどい仕度でです。ですからこの若者はまさにまだアメリカでは起り得る神のみしるしと奇蹟《きせき》がなかったなら、自分の腕一本で立っていかねばならず、もし、その女中が、長い間転々とした後、一昨日私の住居にとどいた私あての手紙で甥の顔立ちを含めて話の一部始終を、そして賢明にもまた船の名前を伝えてこなかったなら、たぶんすぐにもニューヨークの港にある横町の一つで落ちぶれていくところだったのです。もし皆さんに興味がおありなら、その手紙をここでところどころ読んでおきかせしますが」——そういうと彼はポケットから二枚のとても大きな、びっしり書かれた便箋《びんせん》をとり出し、ふりかざして見せた。「この手紙にはきっと感動させられますよ。というのも、いささか素朴に書かれてはいますが、それでもよく考えた抜け目のなさや、子どもの父親への愛に満ちています。とはいえ、私は説明のために必要である以上に皆様をたのしませる気も、それ以上にもしかしたらまだ私の甥が持っている感情を歓待の際にそこなう気はありません。当人が望むならその手紙は当人のためにもう用意してある部屋で教訓のために読めばいいのですから」

しかし、カールはその女中になんらの感情も持ってはいなかった。しだいに影が薄くなる積み重なった思い出の中では彼女は台所の食器棚の横に腰をかけ、中段にあるプレートにひじをついていた。カールが水を飲むためのコップを父親のためにとりにきたり、母親のいいつけを伝えに台所にときどきやってくると、彼女はカールのことを見つめた。時折り彼女は食器棚の横に坐り身体をねじった変な恰好《かっこう》で手紙を書いており、カールの顔から書くヒントを得ていた。また時には片手を両方の目にあてていたが、それははじめの呼びかけのことばも出てこないときであった。そしてまた時には台所の横の狭い女中部屋で膝まずいて木でできた十字架に祈っていることもあった。カールの方は通りざまにちょっとあいているドアのすき間からはじらいをもって彼女の様子をうかがった。時に彼女は台所の中をかけまわり、カールが立ちふさがることがあると、まるで魔女のように笑いながら、とびさがった。カールが台所に来たとき、台所の戸を閉めて、カールが出してくれるように頼むまで、取っ手をずっと手でおさえていることもあった。またカールが全然欲しくないような物を持ってきて、黙ったままカールの両手にそれを押しつけていくこともあった。ところであるとき、彼女は「カール」と名を呼び、思いがけない呼びかけにまだ驚いたままのカールを、顔をゆがめながら息づかいも荒々しく、自分の女中部屋につれ込み、鍵《かぎ》をかけた。そして、彼女はカールの首をしめるのかと思うくらい強くだきしめ、自分を裸にしてくれるようにと頼んだが、実際には彼女がカールの服をぬがせ、彼を自分のベッドに横たえさせ、まるでこの瞬間からもはや誰にも手をふれさせずに、彼を愛撫《あいぶ》し、この世の終りまで彼のめんどうを見たいと望んでいるかのようであった。「カール、おお、私のカール!」、彼女はカールを確かめるかのように見つめ、カールを手に入れたことを確認するかのように叫んだ。ところが彼の方はなんにも見なかったし、彼のためにと彼女が積み重ねたらしいたくさんの暖かい羽根ぶとんの上でいごこちの悪さを感じていた。それから彼女もカールに身をよせて横たわり、彼の秘事のあれこれをきき出そうとしたが、カールはそれには答えられなかった。すると彼女は冗談であるいは本気でか怒り出して、彼の身体をゆすり、彼の心臓の鼓動に耳をかたむけ、同じ様に心臓の音をきくようにと胸を出したが、カールをそれに誘うことができないと知ると、自分のむき出しの腹をカールの身体に押しつけ、思わずカールが頭をもたげ首を枕《まくら》からせり出してしまうほどのいやらしさで、カールの二本の足の間をまさぐり、それから何回か腹をカールに押しつけたが、彼には彼女が自分自身の一部であるかのように思われ、それが理由であろうか彼は強い自己防衛の要求の気持にとらえられた。そして、なんどもなんどもくどくどと、また会って欲しいという彼女の願いをきかされたあげく、カールはやっとの思いで泣く泣く自分のベッドへともどった。これが事の顚末《てんまつ》である。ところが伯父ときたら、これを大きな物語に仕立てるすべを心得ていた。それに女中も彼のことを思っていたので、この伯父に彼が着くことを通知していた。これは彼女のうるわしい行為であり、彼はいずれいつか彼女におかえしをすることになるかもしれない。

「ところで、さて、私はお前の伯父なのかどうか、お前の口からはっきりとききたいものだな」と、上院議員は大声でいった。

「あなたは私の伯父です」と、カールはいい、伯父さんの手に口づけをすると、おかえしに額にキスを受けた。「お目にかかれて大変嬉しく思います。しかし、私の両親が伯父さんについてただ悪口だけをいっているとお考えでしたら、それは間違っています。それから、また、あなたのお話の中にいくつか誤りが含まれていますが、それは実際にはすべてがそのようにおこなわれたわけではないという意味です。実際問題としてご当地からそれらのことをそううまく判断することはおできにならないし、私が思うのにそもそもそのことは何等特別な被害を与えるわけではなし、たとえここにいる方々が事の細目でいささか正しくないところのある情報をしらされたからといって、本当のところ皆様にとってその事というのはそんなに大事ではないわけですから」

「その通りだ」と、上院議員はいい、明らかに共感の意を示している船長の前にカールを連れていき、「どうだね素晴しい甥ではないかね」と、尋ねた。

「上院議員」と、船長は軍隊で訓練を受けた人たちだけができるようなおじぎをしながらいった。「私は議員の先生の甥御さんと知り合いになれまして幸いです。このような邂逅《かいこう》の場を私の船が提供できましたことはことのほか栄誉なことと存じます。ただ三等船室での航海はきっとひどいものであったでしょうが、どなたをそこへお乗せしているかを、誰がそもそも知ることができましょう。私たちとしましては三等船室の人たちの航海が楽になるよう、できることは何でもやっております。例えば、アメリカの船会社の航路よりずっと多くのことをしてはいますが、それでもこのような航海が楽しみであるというところまでには、まだまだ私どもではいっておりません」

「私にはどうっていうことはありませんでしたよ」と、カールはいった。

「甥にはどうっていうことはなかったそうだ！」と、大声で笑いながら上院議員は繰り返した。

「ただ、どうやらトランクをなくしてしまったようです――」、そして、それと同時に、おこったことの凡てと、まだし残したこと凡てを思い出し、まわりを見廻すと、そこにいる人は誰も尊敬と驚きの念で口もきけず元の場所に立ちすくんだまま彼に目をそそいでいるのが見られた。ただ港湾局の役人にだけは、この人たちの厳格で自己満足げな顔付きから知れる限りでは、このように不適当な時にやってきたという後悔の念が見られ、彼等の目の前に置かれている懐中時計の方がこの人たちにとってはどうやらこの部屋でおこったありとあらゆることや、恐らくまだおこりうる凡てのことより重要であった。

船長の次に関心のあることを表明したのは驚いたことに火夫であった。「心からおめでとうございます」と、いって、カールの手をしっかり握って上下にふり、それでもって自分もまた何とはなしに認められようとしているようであった。火夫はさらに同じことばで上院議員にも挨拶《あいさつ》をのべようとしたが、火夫のそうした振舞いが法をこえているかのように、上院議員は身をうしろにひいたので、火夫もまたすぐにそうすることを思い止《とど》まった。

他の人たちもこうなると何をしなければいけないかを見てとって、すぐにカールと上院議員のところにわっと押し寄せた。すると、カールはシューバルからもお祝いのことばを述べられ、カールはそれを受けて、お礼のことばをかえすということがおこった。騒ぎが静まると最後に港湾局の役人がやってきて、英語でお祝いのことばを二言ほどのべたが、それはなにやらおかしな印象を与えた。

上院議員は喜びを満喫するために自分にも他の人たちにも枝葉末節にいたるこまごまとしたことを思い出させようとし、そのことを皆はもちろん辛抱しただけではなく、興味を示して受け入れた。そこで彼は女中の手紙に書かれていたカールのもっとも目に立つ特徴を、もしかして急にすぐ必要になることがあるかと、自分の手帳に写しておいたという話を披露した。そこで、火夫が我慢ができないくらいわめき散らしたとき、自分の気をそれからそらすという単にそれだけの目的で手帳を取り出し、遊び半分で、もちろん探偵ほどの正確さには欠けるが女中の観察したものとカールの外見とを結びつけようと試みていた。「そんなことをして自分の甥が見つかったというわけですよ」と、あたかももう一度祝福を受けたいような口調で、話を結んだ。

「ところで、火夫はどうなります」と、カールは伯父の話の終りを気にとめずに尋ねた。カールは新しい立場でなら思っていることを何でも大声でいってもいいと信じていた。

「火夫はおのれにふさわしい取扱いを受けるさ」と、上院議員はいった。「それも、船長がよいと思う方法でな。火夫からはたっぷり、いや、たっぷり以上きかされたと思うが、どうかな。ここにいる皆様も一人残らず私のいうことにきっと賛成して下さることだろう」

「でも、それが問題じゃないんです。事柄が正しいかどうかなのです」と、カールはいった。カールは伯父と船長の間に立っていたので、恐らくこの立場に影響されたのであろう、裁定は自分しだいだとカールは思っていた。

だが、それにもかかわらず火夫はもうありとあらゆる望みを失なったかのようであった。彼は両手を半分ほどズボンのベルトにつっ込み、そのベルトは彼がいらいらして動くと柄模様のあるワイシャツのすそと一緒に外から見えた。彼はそんなことには全く無頓着《むとんちゃく》であった。いいたい文句は全部いったし、今は身にまとっている二、三枚のボロを見られようと、そこから追い出されようと平気だった。火夫は勝手に、給仕とシューバルの二人はここで一番身分が低いのだから、自分に好意を示すべきだと考えた。そうすればシューバルは落着いて、経理係長がいったような絶望なんぞにもう落入ることはないはずだし、船長は船長でルーマニア人ばっかり雇えるし、到《いた》るところでルーマニア語が話され、それにもしかしたら本当に今よりもっとうまくいくようになるかもしれないのである。もう火夫が主計本部でまくしたてることはないし、ただ今回彼がわめき散らしたことだけはかなりなつかしい思い出として残るであろう。なんといっても、上院議員がはっきり言明したように、直接ではないにせよ自分の甥を見つけ出すきっかけになったのだから。この甥はそもそもこれまでに何度か彼を助けようとしたので、出会いに際しての彼の尽力に対してはもうずっと以前におかえし以上の感謝がなされていたことになり、火夫はカールからまだ何かを得ようなどとは考えてもみなかった。それにまた、カールがたとえ上院議員の甥であったところで、まだ船長にはほど遠い存在といえたし、結局は船長の口からは評判のよくないことばが出るに違いなかったであろう。——火夫は自分の考えに従って、カールの方を見ないようにしていたが、気の毒なことにこの部屋の中には目のやり場といえば敵しかなかったのである。

「事態を見そこなってはいかんね」と、上院議員はカールにいった。「たぶん事柄が正しいかどうかということだと思うが、同時にまた規律の問題でもある。この二つ、とりわけ後者は船長の判断にまかされているのさ」

「まさにその通り」と、火夫はつぶやいたが、それに気がつき、その意味を理解した者は不思議そうに笑みを浮べた。

「さて、ニューヨーク到着早々で、きっともう考えられないくらい仕事が山積みになっているでしょうに、船長さんの仕事の邪魔をしてしまいましたな。この上また二人の機関夫のとるに足らないいい争いに、全く余計な口だしなどして、もめ事を大きくしないためにも、どうやら私たちが船をおいとまする時が来たようだ。甥っこよ、どうやら、お前のやり方はよく分った。だがそれだからこそお前さんをここからなるべく早く連れ出す方がいいようだ」

間違いなく自らへり下ってみせたと見られる、この伯父のことばに船長がいささかも口をはさまないのにカールが驚いているのをしりめに、「ただちにボートを降させるように致します」と、船長はいった。そこで経理係長は大あわてで事務机に駆け寄り、電話で船長の命令を水夫長に伝えた。

〈いよいよという時が刻一刻と迫っているのに皆を怒らせずには何もできやしない〉と、カールはつぶやいた。〈伯父が自分のことをやっと見つけた今、伯父を一人で行かせるわけにはいかないし、船長はうやうやしく振舞ってはいるが、それはまたそれだけで、規律といわれれば礼儀もそれまで、伯父が船長にいったことは本心からのことに違いない。シューバルとは口をききたくないし、あいつと握手をしたのがくやまれるくらいだ。それにここにいるほかの連中ときたらくずだ〉

そして、カールはそのように考えながらゆっくりと火夫の方に歩いていき、火夫の右手をベルトからひき出し、自分の両手でそれを弄んだ。

「あんたは一体どうして何もいわないの、なぜされるがままになってるの」と、カールは尋ねた。

火夫はいわなければならないことのためのいいまわしを探すかのようにひたいにしわを寄せただけであった。そして、カールと自分の手を見下していた。

「あんたは船の誰もが受けなかった不正な取扱いを受けたじゃないか。そのことなら、このぼくがよく知ってるぜ」。そういうとカールは火夫の指にあずけてあった自分の指をあちこちへと動かし、火夫は誰もそのことを悪くとることはできない、恍惚《こうこつ》とした気分がおとずれたように、輝く目であたりを見まわした。

「でも、あんたは防がなけりゃだめだよ。はっきり、はいといいえをいわなけりゃ。さもないと人は誰が正しいのか見当もつかないよ。ぼくのいう事をきくって、約束して。だっていろんな理由で、もうあんたを全然助けてあげられないかもしれないんだ」。そういうと今度はカールが火夫の手に接吻《せっぷん》をしながら泣き、そして、ひび割れのした、ほとんど生気のないその手を、あきらめなければならない宝物のように、自分の頬にあてた。――だがそのときもう伯父の上院議員はカールのそばにきて、気がつかないほど軽くではあったがカールをぐいとひっぱった。

「どうやら火夫はお前をすっかり夢中にさせてしまったようだな」と、伯父はいい、カールの頭ごしに深い理解を示しながら船長の方を見た。「お前は見捨てられたと思っていたところへ、ここで火夫を見つけて、今彼に感謝の気持を持っている。それはそれでとても殊勝なことだ。でもこれ以上度をすごすことは、もうこの私のためにも、してはならぬ。そろそろ自分の立場を考えることを学ぶがいい」

ドアの向うで騒ぎが持上がり、人の叫ぶ声がし、それどころか誰かが無理矢理にどうやらドアの中へ押し込まれたらしい。すると一人の水夫がややだらしない恰好で、女中のするエプロンをして入ってきた。「外に人が集っています」と、その男はいい、まるでまだもみくしゃにされているかのように、ひじをつっぱってぐいとふりまわした。そのうちやっとのことで冷静さをとりもどすと、船長に敬礼をしようとしたが、そのとき女中のエプロンに気がつき、それを手荒く取りはずすと、床の上に投げ、大声で叫んだ。「女中のエプロンをさせるなんて、なんてひどいことをしやがるんだ」。しかし、それからかかとをピタリとあわせ、敬礼をした。誰かがそれを笑おうとすると、船長は厳しい声でいった。「よいご機嫌というところだが、外にいるのは誰だ」「私の証人でございます」と、一歩前へ進みながらシューバルは言った。「どうかあの連中の場所柄をわきまえないふるまいをお許し下さい。一航海終りますと、しばしば破目をはずすものですから」

「連中をすぐこっちへ呼べ」と、船長は命令した。そういって、すぐ上院議員の方に振り返ると、丁寧だが早口で、「では恐れ入りますが、上院議員閣下、どうか甥御さんとご一緒にこの水夫のあとについていって下さい。お二人をボートへご案内いたします。上院議員閣下と個人的にお知り合いになれまして、私がどんなに嬉しかったか、何という名誉であるか改めて申し上げることもないと思います。ただ、上院議員閣下、またもう一度、アメリカの艦隊の情況についての中断されました対話の続きができるような機会がすぐ来ますように、そして、恐らくまた本日のように大変気分のいい出来事で中断されますよう願っております」

「さしあたり、この甥一人で結構だが」と、伯父は笑いながら言った。「ところで、どうもご好意心からかたじけない。ご多幸を祈る。それに、次回われわれ二人がヨーロッパに旅するとき、あなたと恐らくもっと長い時間ご一緒できるということも必ずしもあり得ないわけではない」と、いって、カールを優しく自分の方へひき寄せた。「そうなればどんなに嬉しいことでございましょう」と、船長はいった。二人の紳士は手をしっかりと握り合ったが、カールは船長に黙ってさりげなく手をさしのべただけだった。というのも船長はもうすでに十五人ほどの人間の相手をさせられていたからで、シューバルの指揮で入りこんできた人たちはいくらか驚いたようではあったが、がやがやと大声をたてていた。水夫は上院議員に先に立って行く許しを乞《こ》い、そして議員とカールのために人の群を押し分けたので、二人はおじぎをする人たちの間を楽に通り抜けていった。これらの大体においてお人よしの連中はシューバルと火夫のけんかを楽しみと考えていたので、その面白おかしさは船長の前へ出たところでとまるというわけにはいかないように見えた。カールはその連中の中に台所女中のリーネも見つけた。彼女はカールに面白そうにウインクをすると、自分のものであったので、水夫の投げ出したエプロンを身につけた。

　水夫のあとについて、二人は事務室を出て、小さな通路へと曲ると、二、三歩で小さなドアのところへ出た。そこから短いタラップが二人のために用意されたボートへとおろされていた。ボートの中の水夫たちは自分たちのキャップがすぐ一飛びでボートに飛び乗ると、立上って、敬礼をした。上院議員がちょうどカールに慎重にタラップを降りてくるように注意しようとしたとき、カールはまだ最上段にいて、ひどく泣き始めた。上院議員は右手をカールのあごにあて、しっかりと彼をだきしめ、左手で彼を優しくなでた。そうして二人は一段一段降りていき、上院議員がカールのためにちょうど向い合いになったいい場所を探しておいたボートの中へピッタリだき合ったまま乗り移った。上院議員の合図で水夫たちは船からボートを突き離し、すぐ力一杯漕《こ》ぎ始めた。船がほんの二、三メートル離れたとき、カールは思いがけず自分たちが主計本部の窓がある舷側《げんそく》にいることに気がついた。三つの窓はどれもこれもシューバルの証人で一杯で、その人たちは親しげに挨拶をしたり、手を振ったりし、伯父はそれに感謝さえした。それに一人の水夫ときたら、規則正しく漕ぐ手を休めずに投げキスを送るという名人芸を披露した。それはもう本当に火夫なんかどこにもいないかのようであった。カールは自分の膝がふれるような近さから伯父を真《ま》っ直《す》ぐじっと見つめると、この男がいつか自分にとって火夫のかわりを務めてくれることがあるのかという疑いに捕えられた。伯父の方もまた視線をそらせて、ボートを揺り動かしている波に目をやっていた。

流《る》刑地《けいち》にて

「これはじつに独特な機械なのです」と、士官が学術探険家に言って、思わずこらえきれない感嘆の色を浮べた視線で、彼には珍らしくもないはずのその機械をあらためて眺めた。探険家が司令官の勧める招待をうけいれて、不服従と上官侮辱の廉《かど》により有罪の判決をうけたある兵卒の死刑執行に立ち会うことにしたのは、たんに礼儀からであったろう。この死刑執行に対する関心は、流刑地でもあまり大きくはないらしかった。すくなくとも、四方を禿山《はげやま》に囲まれた、砂地の、この小さな深い谷間には、士官と探険家のほかは、髪も顔も汚れて垢《あか》じみた、愚鈍そうな、口の大きな囚人と、重い鎖を手にもった兵士がいるだけで、この鎖の先には、囚人の踝《くるぶし》、手首、頸《くび》を拘束している細い鎖が取り付けられ、それらの細い鎖はさらに別の鎖で上下に連結されていた。ところで、囚人は犬のように従順な態度をしめしていて、鎖を解いて周囲の山腹を駆けまわらせておいてかまわない、死刑執行がはじまるときに口笛を吹きさえすれば戻って来る、と思われるほどであった。

探険家は機械に対するセンスをもっていなくて、ほとんど誰の目にもあきらかなほど無関心な様子で囚人の背後を行ったり来たりしていたが、士官のほうは、地中に深く土台を据えた機械の下に潜り込んだり、上の部分を点検するために、梯子《はしご》をのぼったりしながら、最後の準備を整えていた。それはじつは機械工に任せていいような作業であったが、士官は、この機械の特別な崇拝者であったためなのか、それとも他の理由から他人に委《ゆだ》ねることができなかったためなのか、非常に熱心にこの作業をつづけた。「さあ、これで準備ができた！」と、やがて彼が叫んで、梯子をおりて来た。彼は異常に疲憊《ひはい》して、口を大きく開けて喘《あえ》ぎながら、婦人用の薄いハンカチを二枚、頸と軍服のカラーのあいだに押し込んだ。「その軍服は熱帯ではやはり重すぎるのでしょうね。」探険家は、士官の予想に反して、機械のことを訊《たず》ねるかわりに、そう言った。「まったくです」と士官が言って、油脂で汚れた両手を用意してあったバケツの水で洗った、「けれども軍服は故郷を意味しますし、われわれは故郷を失いたくはありませんからね。――ところで、この機械をごらんください」と、彼はすぐにつけくわえて、布で手を拭《ふ》きながら、機械を指差した。「ここまでは手による操作が必要でしたが、これからは機械が完全に自動的に作業するのです。」探険家はうなずいて、士官について行った。士官はあらゆる事故に対して万全の措置がとられているかどうか確かめてから、言った、「もちろん故障が起ることはあります、今日はそんなことがないように希望しますが、ともかくも故障が起りうることは計算に入れなければなりません。この機械は十二時間、絶え間なく活動しなければならないのですから。しかし、たとえ故障が起っても、ごく小さなものばかりで、すぐに修整されるようになっています。」

「おすわりになりませんか？」と、彼は訊ねて、積み重ねてあった籐椅子《とういす》の山から一つを取って、探険家に勧めた、探険家はそれを断るわけにいかなかった。探険家は穴の縁に置かれた椅子にすわって、ちらと穴のなかを見た。穴はそれほど深くはなかった。穴の一方の側には掘り起された土塊が積まれて土手をなしており、その反対側に機械が据えてあった。「司令官からこの機械の説明をお聞きになったかどうか、存じませんが」と士官が言った。探険家は手を曖昧《あいまい》に動かした。士官はそれ以上は訊ねなかった。「この機械は」と言って彼は、自分が寄りかかっていたクランク・ハンドルに手をかけた、「前の司令官が発明したのです。自分は第一回の試運転の際にもいっしょに働きましたし、完成にいたるまでのあらゆる作業に関与しました。もちろん発明の功績は前司令官おひとりのものです。前司令官のことはお聞き及びでしょうか？　ご存知ない？　実際のところ、この流刑地全体の組織は挙げて前司令官の作品である、と言っても言いすぎではないのです。前司令官が亡《な》くなられたときすでに、その友人である自分たちは、この流刑地の組織は一点の遺漏もなく完結しているのだから、後任の司令官は、たとえ千の新しい構想をいだいているとしても、すくなくともここ数年間は、現行の組織をなにひとつ改変できないだろう、と思いました。事実、自分たちの予言は的中したのです、新任の司令官はそれを思い知らねばなりませんでした。あなたが前司令官とお会いになることがなかったとは、残念です！　――しかし」と、士官は中断した、「とりとめもないお喋《しゃべ》りをしました、さて、前司令官の機械はわたくしどもの目の前にあります。これは、ご覧のとおり、三つの部分から成っています。月日が経《た》つうちにこれら三つの部分はそれぞれにいくぶん民衆的な名称で呼ばれるようになりました。下の部分は寝台、上の部分は図案家、そして真中の、宙に浮いている部分は馬鍬《まぐわ》と呼ばれているのです。」「馬鍬ですって？」と探険家が訊ねた。彼はあまり注意して聞いていなかった、太陽が影のないこの谷間をぎらぎらと灼《や》きつけているので、思考を集中しにくかったのである。それだけに、身体《からだ》にぴったりと合った、観兵式の礼装のような、総《ふさ》のついた肩章《けんしょう》や飾り緒や肋骨《ろっこつ》までついている軍服を着て、自分の仕事を熱心に説明しているばかりか、話しつづけながらも螺旋《ねじ》まわしでそここの螺旋を締め直している士官が、探険家にはいっそう驚嘆に価するものに思われた。兵士も探険家と似たような気分らしかった。彼は囚人を繋《つな》いだ鎖を両方の手首に捲《ま》きつけ、一方の手にもった小銃で身体をささえながら、がっくりと首を垂れて、周囲の一切にまるで関心を抱いていなかった。探険家はそれもふしぎとは思わなかった、というのは、士官はフランス語で話していて、兵士も囚人もあきらかにフランス語がわからなかったからである。したがって、それにもかかわらず囚人が士官の説明について行こうと努めているのが、いっそう目を惹《ひ》いた。彼は、いわばなかば眠りながらの執拗《しつよう》さで、士官がなにかを指差すたびにそちらのほうへ視線を向けた、そしていま、探険家が質問して士官のお喋りを遮ると、こんどは、士官と同じように、探険家をじっとみつめた。

「そうです、馬鍬です」と士官が言った、「じつにぴったりした名なのです。数本の針が馬鍬のように配列され、全体も馬鍬と同じ作業をするのですが、ただ、馬鍬とちがって、一個所に固定されて作動し、かつはるかに精巧なのです。すぐにおわかりになりますよ。この寝台の上に囚人が寝かされます。——最初に機械の説明をして、そのあとで実際の活動をごらんにいれることにしましょう。そのほうが理解しやすいはずです。それに、図案家のなかの歯車がひとつはなはだしく磨滅しているので、運動がはじまると、それがひどく軋《きし》って、たがいになにを言っているのか、ほとんど理解できなくなってしまいます、かわりの歯車はここでは残念ながら調達するのが困難なのです。——さて、いま言いましたように、ここに寝台があります。寝台の上はいちめんに綿を幾重にも重ねた床に覆《おお》われていますが、その目的はじきにお話しいたしましょう。囚人はこの綿の上に横たえられるのですが、もちろん裸です、これが両手を、これが両足を、これが頸を締めて、囚人を固定させる革ひもです。さっきもちょっとお話ししましたが、囚人がまず顔を伏せる、寝台の頭のほうのここにあるこの小さなフェルトの栓は、囚人の口のなかに押し込まれるように、容易に調整できます。その目的は、囚人が叫んだり舌を嚙《か》み切ったりするのを防ぐ点にあります。もちろん囚人はこのフェルトを口に含まないわけに行きません。さもないと頸の骨が折れてしまいますからね。」「これが綿ですか？」と言って、探険家が前へ身体をかがめた、「もちろん、そうです」と言って、士官が微笑《ほほえ》んだ、「ご自分で触ってごらんなさい。」士官は探険家の手をとって、寝台の上を撫《な》で回させた。「これは特別に作製された綿なので、とても綿とはみえないでしょう？　その目的についてもまもなくお話しいたします。」探険家は最前からすでにこの機械に興味を唆《そそ》られはじめていた、彼は、陽光を遮るために目の上に手を当てて、聳《そび》え立っている機械を見上げた。それは巨大な構築物であった。寝台と図案家は同じ大きさで、二つの黒い長持ちのようにみえた。図案家は寝台のほぼ二メートル上に取り付けられ、両者は四隅のところで、日差をうけて光りかがやくばかりな、四本の真鍮《しんちゅう》の柱で連結されていた。長持ちのあいだに、鋼鉄のバンドに取り付けられて、馬鍬が浮んでいた。

士官は探険家のさきほどまでの無関心にはほとんど気づかなかったのに、いま彼が関心をもちはじめたことは感じたらしかった、そこで士官は、探険家に心置なく観察する暇をあたえるために、ひとまず説明を中断した。囚人も探険家を真似《まね》たが、手を目の上にかざすわけにいかなかったので、蔽《おお》わないままの目をしばたたきながら上を見上げた。

「それで、ここに囚人がうつ伏せに横たわるわけですね。」と探険家が言って、籐椅子の背に凭《もた》れかかって脚を組んだ。

「そうです」と士官は言って、帽子をいくらかあみだに傾けて、片手で熱く火照《ほて》った顔を撫でた、「それから、こうなのです！　寝台にも図案家にもそれぞれ電池がついていて、寝台には寝台用の電池が必要なのですが、図案家についている電池は馬鍬用なのです。囚人がベルトで固定されると、寝台はただちに動きはじめます。極度に微細に、しかもきわめて急速に、上下左右に振動するのです。似たような機械を療養所などでごらんになったことがおありでしょう、ただ異るのは、この機械の寝台はそのあらゆる運動が精密に計算されていることです、つまり寝台の運動は正確に馬鍬の運動と同期《シンクロノス》に調整されていなければならないのです。じつは判決を実際に執行するのは、馬鍬なのです。」

「いったいどういう判決なのですか？」と探険家が訊ねた。「それもご存知ないのですか？」と士官が驚いて言って、唇を嚙んだ、「自分の説明が雑然としているのでしたら、どうかお許しください、幾重にもお詫《わ》びいたします。以前は慣例として司令官が説明の任に当ったものですが、新司令官は職務上当然なこの名誉ある義務を怠っているのです、しかしかように高貴なお方のご来駕《らいが》を仰ぎながら」——探険家は両手をあげてこの敬意の表現に抗議したが、士官は譲らなかった——「かように高貴なお方のご来駕を仰ぎながら、われわれの判決の形式をお知らせしなかったとは、またしてもなんたる改悪——」士官は呪《のろ》いの言葉を言いかけたが、しかし自制して、ただこう言った、「そのような通達は受けておりません、非は自分にあるのではないのです。ところで、われわれの判決の様式を説明する段になりますと、もちろん、自分以上の適任者はいないのです、と申しますのは、自分はここに」——士官は胸のポケットの上を叩《たた》いた――「前司令官が遺《のこ》された手描きの図案をすべてもっているからです。」「司令官が自分で描いた図案ですか？　すると前司令官はあらゆる職務を兼任されていたのですね？　彼は軍人であり、裁判官であり、設計家であり、化学者であり、かつ、図案家だったわけですか？」「そのとおりです」と士官が、凝然とした瞑想《めいそう》的な眼差《まなざし》で、うなずいた。それから彼は検査するように自分の両手をみつめた、その手が図案を扱っていいほど綺麗《きれい》ではないと思ったのであろう、彼はバケツのところへ行って、もういちど両手を洗った。それから彼は小さな革の書類入れを取り出して言った、「われわれの判決はけっして苛《か》酷《こく》なものではありません。囚人の身体に、当人が違反した規則が馬鍬で書かれるだけなのです。たとえば、この死刑囚の身体には」――士官は囚人を指差した――「汝《なんじ》の上官を敬え！　と書かれるわけです。」

探険家はちらと囚人のほうを見た、士官が指差したとき、囚人はうつむいて、なにかを聞き取ろうと聴覚のあらゆる力を緊張させているらしかった。しかしぶ厚く閉じ合わされた唇の動きは、あきらかに彼がなにひとつ理解できないことをしめしていた。探険家はいろいろなことを訊ねてみたいと思ったが、囚人の様子を見て、ただこう訊ねた、「彼は自分の判決を知っているのですか？」「いいえ」と士官が答えて、すぐに説明をつづけようとしたが、探険家はそれを遮った、「自分の判決を知らないのですって？」「ええ」と士官がふたたび言って、一瞬、探険家がなぜそんなことを訊ねるのか、その理由を聞きたいというように、口を噤《つぐ》み、それから言った、「当人に口頭で伝えるのは無用でしょう。自分の身体で知るわけですから。」探険家はもうなにも言わないことにしようと思った、そのとき彼は囚人がじっと自分をみつめているのを感じた、囚人は、探険家がいま聞かされた事柄に賛成できるかどうかを訊ねているようにみえた。そこで探険家は、すでに籐椅子の背に凭れかかっていたが、ふたたび前《まえ》屈《かが》みになって、さらに訊ねた、「けれども、自分が有罪の判決を受けたことは、知っているのでしょう？」「それも、知りません」と、士官が言って、こういう奇妙な質問をもっと期待するというように、探険家に微笑みかけた。「なるほど」と、探険家が言って、額に手をやった。「それではこの囚人は、自分に関してどのような弁護が行われたのか、いまも知らないのですね？」「彼には自分を弁護する機会があたえられなかったのです」と、士官が言って、自分は独り言を言っているのだ、こういう自明な事柄を話して探険家に恥をかかせたくない、というように、顔をそむけた。「自分を弁護する機会はあたえられねばならなかったはずです」と、探険家が言って、籐椅子から立ち上った。

士官は、機械の説明をしばらく中断させられる危険があると覚った。そこで彼は探険家に近づいて、その腕をとり、いまやあきらかに自分が注目されているので直立不動の姿勢をとっている囚人を指差して——兵士も鎖をピンと引っ張っていた——言った、「事情はこうなのです。自分はこの流刑地の裁判官に任命されています。この弱齢にもかかわらず、です。それは、自分があらゆる裁判に際して前司令官を補佐し、また、この機械のことをもっともよく知っているからです。自分が判決を下す際に拠《よ》りどころとするのは、罪はけっして疑われることがない、という原則なのです。余所《よそ》の裁判はこの原則に従うことができません、余所では裁判は多人数で行われ、かつ、その上位に上級審があるのですから。しかし、ここではそうではありません、あるいは、すくなくとも前司令官のころはそうではありませんでした。新司令官はもちろん自分の裁判に容喙《ようかい》したそうな素振りをみせましたが、これまでのところ自分は彼を拒否することに成功しましたし、今後も成功するはずです。——あなたは今回の事件の説明をお望みなのでしたね、これは、他のあらゆる事件と同様に、きわめて単純なものなのです。今朝、ある中隊長から、従卒として配属されて、中隊長の家の戸口の前で寝ることになっているこの男が、眠り過して勤務を怠った、という届け出があったのです。時鐘が鳴るたびに起立して、中隊長の家の戸口に向って敬礼するのが、この男の義務でした。この義務は困難ではありませんが、不可欠なものです、なぜなら従卒は、見張りのためにも上官に仕えるためにも、つねに潑剌《はつらつ》としていなくてはならないのですから。昨夜、中隊長は従卒が義務を遂行しているかどうか、確かめてみようと思いました。そして、二時の時鐘とともに戸を開けてみますと、この男はまるく縮こまってぐうぐう眠っていたのです。中隊長は乗馬用の鞭《むち》を取って来て、この男の顔に打ちおろしました。するとこの男は、起立して赦《ゆる》しを乞《こ》うどころか、上官の脚にしがみついて、揺さぶりながら、『鞭を捨てろ、捨てなきゃおまえを食っちゃうぞ』と叫んだのです。——これが真相です。中隊長は一時間ほど前に自分のところへまいりました、自分はその申告を記録し、ひきつづき、ただちに判決を書いたのです。それからこの男に鎖をかけさせました。じつに単純明快です。自分がまずこの男を出頭させて訊問《じんもん》したりすれば、混乱が起るだけだったでしょう。この男はきっと嘘《うそ》をついたでしょうし、幸いに自分が反証を挙げえたとすれば、前の嘘にかえてつぎの嘘をつき、きりもなくつぎからつぎと嘘をつくでしょう。ところが自分はこの男を捕まえていて、もう放しません。——これで、すべておわかりですか？　しかし、時間が過ぎて行って、そろそろ死刑執行に取りかからねばならないというのに、自分はまだこの機械の説明を終えていません。」彼は強制するようにして、探険家を籐椅子にすわらせ、ふたたび機械に近づいて、言った、「ごらんのとおり、馬鍬は人体の形に合せてあります。この馬鍬は上体用、この馬鍬は脚部用です。頭部にはこの小さな鑿《のみ》だけが作用します。おわかりですか?」彼は、さらに包括的な説明をする用意をしながら、したしげに探険家に向って身体を屈めた。

探険家は額に立皺《たてじわ》をよせて馬鍬をみつめた。このような裁判法の話は彼を満足させなかったのである。とにかくここは流刑地なのだ、ここでは特別な規定が必要であり、しかも、あくまでも軍隊流儀で処理されなければならないのだ、と彼は考えるほかなかった。しかしまた彼は、あきらかに、もちろん漸進《ぜんしん》的にではあったが、この士官の固陋《ころう》な頭脳ではうけいれられないような、新しい方式を導入しようとしている新司令官に、若干の希望をかけていた。こういう考えから、探険家は訊ねた、「司令官は死刑執行に立ち会われるのでしょうか?」「それはわかりません」と士官は、この予期していなかった質問に気を悪くして言った、そしてその親しげな顔が歪《ゆが》んだ、「そのためにこそ急がねばならないのです。したがって、残念ながら、自分の説明もところどころ省略しなければなりません。しかし明日にでも、機械が清掃されたあとで——すっかり汚れてしまうのが、この機械の唯一《ゆいいつ》の欠点なのです——もっと詳しく説明を補うことにしたいと思います。いまは最小限に必要なことだけをお話しいたしましょう。――囚人が寝台に横たえられ、寝台が顫動《せんどう》しはじめると、馬鍬が身体の上におろされます。馬鍬は針の先端が身体にかすかに触れるように、自動的に調整されるのですが、調整が終ると、ただちにこの鋼鉄のザイルが硬直したバンドに変ります。こうしていよいよ活動がはじまります。部外者が外から見ただけでは、刑の差異はわかりません。馬鍬は一様に作動しているようにみえるのです。針の先端は顫動しながら、寝台とともに顫動している身体を刺します。刑の執行を誰もがチェックできるように、馬鍬はガラスで作られています。ガラスの馬鍬に針を固定するためには、若干の技術的困難が生じました。しかしわれわれはいかなる障害をも恐れなかったのです。そしていまや、誰もがガラスを通して、判決が身体に刻まれて行く様子を見ることができます。近寄って、針をごらんになりませんか？」

探険家はゆっくりと立ち上り、機械に近づいて、馬鍬の上に屈み込んだ。「このとおり」と士官が言った、「二種類の針が多様に配列されているのです。長い針の傍らにかならず短い針がついています。長い針が書き、短い針は水を噴き出して、血を洗い流し、文字をつねに鮮明にたもつのです。血に汚れた水はここの小さい溝に導かれ、最後に主溝に流れ落ちますが、主溝の排水管は穴のなかに通じているのです。」士官は血に汚れた水が辿《たど》る道を精確に指でしめした。それから彼が、その過程をできるだけ具体的にしめそうとして、排水管の口に両手をあてて水をうける真似をしたとき、探険家は顔を上げて、片手で背後を探りながら、籐椅子のところへ戻ろうとした、そのとき探険家は、囚人も彼と同様に士官の勧めに応じて、近くから馬鍬の構造をみつめているのに気づいて、愕然《がくぜん》とした。囚人は、鎖の端をもってうつらうつらしている兵士をすこし引き摺《ず》るようにして、自分も穴の上に屈み込んでいたのである。彼は落ち着かない眼付で、士官と探険家がなにを見ているのか探ろうとしていたが、説明を理解できないために、探り当てかねていることはあきらかであった。囚人はしきりに場所をかえて屈み込み、いくどもガラスに目を走らせた。彼の行為がさらに罪をかさねることになりそうなので、探険家は彼をひきさがらせようとした。すると士官は一方の手で探険家を制止し、他方の手で土手から土塊を拾うと、兵士めがけて投げつけた。兵士はびくっとして目を開き、囚人の振舞を見てとると、小銃を放して、両足の踵《かかと》を地面に突き立てるように踏んばりながら、囚人をぐいと引き戻したので、囚人はたちまち倒れてしまった、すると兵士は、囚人がもがきながら鎖の音を響かせるのを、上からじっと見下ろした。「立たせろ！」探険家の注意が囚人のためにすっかり逸《そ》らされてしまったのに気づいて、士官が叫んだ。探険家はもう馬鍬のことなど気にもとめずに、馬鍬の上にまで身をのりだすようにして、囚人がどうなるかだけをじっと見まもっているのであった。「気をつけて扱え！」と士官がまた叫んだ。彼は機械のまわりをまわって駆け寄ると、自分で囚人の腕の下に手を入れて、ぐらぐらする足を前後に滑らせてしきりに頽《くずお》れようとする囚人を、兵士にも手伝わせながら、立ち上らせた。

「これですっかりわかりました」と、士官が戻って来ると、探険家が言った。「いちばん重要な点がまだ残っています」と士官が言って、探険家の腕をとると、上のほうを指差した、「あの図案家のなかには、馬鍬の運動を規定する歯車装置がはいっています、そしてこの歯車装置は、判決が指定する図案に合せて、調節されるのです。自分はまだ前司令官の図案を使用しております。ここにその図案があるのですが」――彼は革の書類入れから数枚の紙を取り出した――「残念ながら、手に取って見ていただくわけにはいきません、これは自分の所持品のなかでもっとも貴重なものなのです。まあ、おすわりください、このぐらい離れたところでおみせしましょう、そのほうが見易《みやす》いのです。」士官は最初の一枚を見せた。探険家はなにか讃辞を言いたかったが、彼の目に映ったのは、ただ、迷宮のような、たがいに幾重にも交叉《こうさ》する無数の線で、それらの線は紙をいちめんにぎっしりと埋めているので、線と線のあいだの白い部分を識別するのも容易なことではなかった。「読んでごらんなさい」と士官が言った。

「どうも読みかねます」と探険家が言った。「一目瞭然じゃありませんか」と士官が言った。「たいへん精巧なものですが」と探険家が、はっきりとした答を避けながら、言った、「わたしにはどうも判読できません。」「そうかもしれませんね」と言って、士官は笑いながら、書類入れをしまい込んだ。「これは小学生のための模範書体ではありませんからね。ながいあいだ研究しなければなりません。あなたもいつかはきっと読めるようになりますよ。これはむろん単純な書体であってはいけないのです、すぐに殺してしまうのではなくて、平均して、まず十二時間はかけなければならないのですから。転回点は六時間目に来るように計算されています。したがって、じつに夥《おびただ》しい装飾が本来の文字を取り囲まねばなりません、実際の文字は細い帯のように背中を囲むだけで、身体の他の部分は装飾用なのです。これで、馬鍬の、それからまた、この機械全体の働きのすばらしさがおわかりですか？——ごらんなさい！」士官は階段を駆け上ると、歯車の一つを回して、下に向って叫んだ、「気をつけて。わきへ退いてください！」そして、機械全体が作動しはじめた。もし歯車が金切り声を挙げて軋るのでなかったら、それはたしかにすばらしい見物であったろう。士官はこの歯車の騒々しさに驚いたかのように、歯車に向って拳《こぶし》を突き出し、それから弁明するように探険家に向って両腕を拡《ひろ》げると、こんどは下から歯車の作動を観察するために、急いで梯子をおりて来た。士官しか気づかないのではあるが、まだどこか調子が悪いのであった。彼はふたたび梯子を駆け上り、図案家のなかに両手を突っ込み、それから早く下へ移動するために、梯子を使わずに、真鍮の柱につかまってするすると滑りおりると、騒音のなかでも聞えるように、探険家の耳許《みみもと》で声を限りに叫んだ、「機能が理解できましたか？　馬鍬が書きはじめ、囚人の背中に最初に文字を彫り終ると、綿の床が横揺れしながら、囚人の身体をゆっくりと反転させて、馬鍬に新しい空間を提供します、一方、文字を刻まれた個所が綿に圧《お》しつけられると、特殊に加工されたこの綿はそくざに出血を止めて、文字がさらに深く彫られるのに備えます。馬鍬の縁にあるこのぎざぎざは、身体がさらに回転させられて行くのにつれて、傷口から綿を除去して、それを穴のなかに投げ棄《す》て、それからふたたび馬鍬が作動するのです。こうして馬鍬は十二時間にわたって、しだいに深く書いて行きます。最初の六時間、囚人は以前とほとんど変らないくらい元気で、ただ苦痛だけを感じます。二時間後にフェルトの栓が取り外されますが、そのときには囚人はもう叫ぶ力がなくなっているのです。寝台の頭のほうの、電気で保温されたこの小鉢にあたたかいお粥《かゆ》が盛られ、囚人は、もし喰べたければ、舌の先で掬《すく》い取れるだけは喰べていいのです。喰べる機会を逃す囚人はひとりもいませんよ。すくなくとも自分はひとりも知らないのでいますが、自分の経験は厖大《ぼうだい》なものなのです。六時間目になってはじめて囚人は食欲を失います。すると自分はたいていここにしゃがんで、この現象を観察するのです。囚人が最後に掠《かす》め取った食物を嚥《の》み込むことはめったになく、しばらく口のなかで転がしていますが、やがて穴のなかに吐き出してしまいます。そのとき自分はひょいと顔を伏せますが、さもないと顔にかかってしまいますからね。しかしこうして六時間目になると、囚人はなんと静かになることでしょう！　もっとも愚鈍な男にも悟性が浮んで来るのですね。それはまず目のまわりにあらわれて、そこから全身に拡がって行きます。自分もいっしょに馬鍬の下に横たわりたくなるような眺めですよ。それからはもうなにも起りません、囚人はしきりに判決を解読しようとしはじめ、耳を澄ますように、唇を尖《とが》らします。ご存知のように、判決を目で解読するのは容易なことではありません。しかしわれわれの囚人は傷で解読するのです。もちろんたいへんな仕事です、囚人はこの仕事の完成までにさらに六時間を要するわけです。そして、それが終ると、馬鍬は囚人を完全に刺し貫いて、穴のなかに投げ棄てます。血に汚れた水と綿の上にドボンと落ちるわけです。これで裁判は終りです、そしてわれわれ、自分と兵とは、死体を埋めるのです。」

探険家は士官のほうに耳を傾け、両手を上着のポケットに入れて、機械の作業を眺めていた。囚人も同じように、しかしわけもわからずに、眺めていた。囚人がすこし屈んで、揺れている針の動きを目で追っていると、士官の合図をうけて、兵士がいきなり背後からナイフで囚人のシャツとズボンをまっすぐに切りおろしたので、シャツもズボンもずり落ちてしまった。囚人は自分の裸体を隠そうと、慌《あわ》てて、落ちて行く衣類を摑《つか》もうとした、しかし兵士は囚人をまっすぐに立たせ、襤褸《ぼろ》切れを残らず振い落してしまった。士官が機械を停めた、そしていま俄《にわ》かにあたりに拡がった静寂のなかで、囚人が馬鍬の下に横たえられた。鎖が解かれ、鎖のかわりに革ひもが締められた、それは最初の一瞬、囚人にほとんど解放感をもたらしたようにみえた。そしてこんどは馬鍬がさらに低いところにおりて来た、囚人が瘠《や》せた男だったからである。針の先が触れると、囚人の身体に鳥肌が立った、兵士が右手を固定していると、囚人は、どこへというつもりもなしに、左手をのばした、しかしそれはちょうど探険家が立っている方向だった。士官は、彼がいまともかく一応の説明を済ました死刑執行がどのような印象をあたえるか読み取ろうとするように、傍らからじっと探険家の顔をみつめた。

手首を固定するはずの革ひもがぷつりと切れた、おそらく兵士がきつく締めすぎたのであろう。士官が手伝わねばならなかった、兵士が彼に千切れた革ひもの切れはしを差し出した。士官は兵士のところへ行ったが、顔は探険家に向けたままで言った、「この機械は構造がきわめて複雑なので、どうしてもそこかしこが切れたり折れたりするのは避けられません、しかし、これくらいのことで全体の評価を誤るようなことをなさっては困ります。それに、革ひもならすぐに代用品がみつかるのですからね、自分は鎖を使うことにしましょう、もちろんそれによって右腕への振動の微妙さはいくぶん損なわれることになります。」そして、鎖をつけながら、彼はさらに言った、「機械を維持するための予算は、いまではすっかり縮小されてしまいました。前司令官のころは、この目的だけのために、自分の自由に処理できる現金が用意してあったのです。ここには、あらゆる予備の部品を備えた倉庫がありました。白状しますと、自分はどうもそれらの部品を浪費に近いまでに使ったかもしれません、いや、むかしのことです、いまはそうではありません、新司令官はいまでもそうだと主張するのですが、彼はあらゆることを、前の制度を廃棄する口実に使うのです。いまでは彼が機械用の現金を自分で管理していて、自分が部下を派遣して新しい革ひもを請求させると、証拠物件として千切れた革ひもが要求される始末です、そのくせ新しい革ひもがとどくのは十日も経ってからのことで、しかも粗悪品ときていますから、あまり役に立ちません。その間、自分は革ひもなしでどうして機械を運転できるものか、そこまで考えてくれるひとはひとりもいないのですからね。」

探険家は考え込んだ、外国の問題に決定的に介入するのはいつでも熟慮を要することだ。自分はこの流刑地の住人ではないし、この流刑地が所属している国家の市民でもない。自分がもしこの死刑執行を非難したり、阻止しようとしたりすれば、おまえは外国人なのだから、引っ込んでいろ、と言われるに決っている。それに対しては自分はなにも答えられず、せいぜい、自分はどうかしていたのだ、自分はただ見学のために旅行しているのであって、外国の裁判制度を改変する意図などすこしももっていないのだから、と付け加えうるにすぎないだろう。それにしても、ここで行われていることを見ては介入せずにいられなくなる。裁判の不公正と死刑執行の非人間性には疑いの余地がない。自分の言動が利己心から出ているとは誰も邪推できないだろう、囚人は見知らぬ男であり、同国人でもなければ、同情を唆るような人間でもないのだから。自分は高官筋からの幾通もの紹介状をもっていて、この土地でもきわめて鄭《てい》重《ちょう》に迎えられた。そして自分がこの死刑執行に招待されたということは、暗にこの裁判に関する自分の意見がもとめられていることを意味するのかもしれない。この推測は、自分がいま紛うかたなくはっきりと聞きとったように、司令官がこの処刑法の信奉者ではなく、士官とほとんど敵対関係に立っているだけに、いっそう事実に近いように思われる。

そのとき探険家は士官の怒号を聞いた。彼はちょうど、いささか苦労しながら、フェルトの栓を囚人の口に押し込んだところだったが、そのとき囚人が抗《あらが》い難い嘔吐感《おうとかん》に襲われて、目を瞑《つぶ》り、ガッと嘔《は》いたのである。士官は急いで囚人の顔を栓から引起して、穴のなかへ捩《ね》じ向けようとした、が、遅かった、汚物はもうだらだらと機械を伝って流れ落ちていた。「なにもかも司令官のせいだ！」と士官が叫んで、正気を失ったように前のほうの真鍮の柱を揺さぶった、「畜生め、機械を豚小屋のように汚しちまって。」彼は顫《ふる》える両手で探険家にこの椿事《ちんじ》を差ししめした。「死刑執行の前日から食料は一切交付すべきではないと、司令官に何時間もかけて納得させようとしたのに、この始末です。新しい軟弱行政は自分などとは別な考えらしい。司令官の愛《あい》妾《しょう》どもときたら、連行される前に、こいつの喉元《のどもと》まで砂糖菓子を詰め込むのですからね。こいつは一生臭い魚ばかり食って来た男なのに、こんどは砂糖菓子を詰め込まれるというわけです！　まあ、それもいいでしょう、なにもそれに文句をつけるわけではありません。しかし、自分はもう三カ月も前から請求しているのに、新しいフェルトを供給してくれないのはなぜなのです。百人以上の人間が、死際《しにぎわ》に、吸ったり嚙んだりしたこのフェルトを口に含むとなれば、誰だって嘔き気がするじゃありませんか？」

囚人は顔を伏せて、穏やかな様子であった、兵士は囚人のシャツで機械を拭くのに熱中していた。士官が探険家に近づき、探険家は厭《いや》な予感を感じて一歩うしろにさがった、しかし士官は探険家の手を取って、傍らへ引き寄せた。「あなたを信頼して、若干お話ししたいことがあるのですが」と士官が言った、「よろしいでしょうか？」

「もちろんです」と探険家が言って、目を伏せたまま、耳を傾けた。

「これからごらんになるこの方式、この処刑に、あなたはさぞ感嘆されることと思いますが、目下のところ、これを公然と讃美するものは、当流刑地にはひとりもいなくなりました。自分はその唯一の擁護者であり、同時に、前司令官の遺産の唯一の擁護者でもあるのです。この方式のこれ以上の拡大は考えることができません、自分は現行のままを維持するのに全力を投入しているのです。前司令官が生きておられたころは、当流刑地はその崇拝者に満ちておりました、前司令官がもっておられた説得力は自分も多少は備えておりますが、自分は前司令官の権力を完全に欠いているのです、そのために崇拝者たちもこそこそと潜み隠れてしまいました、まだいることはいます、たくさんいます、しかし、すすんでそれを認めるものはひとりもいないのです。もしあなたが今日、つまりたまたま定期処刑の日に当っている今日、喫茶店にいらして、あたりの会話に耳を澄ましてごらんになれば、たぶん曖昧な見解ばかりをお聞きになることでしょう。かれらはみな前司令官の崇拝者なのです、しかし、現司令官のもとでは、そして彼が現在のような考えを抱いているかぎりは、自分はかれらをあてにすることができないのです。ところで、こんどはお訊ねしますが、この司令官と、彼を左右するその愛妾どものために、このような畢生《ひっせい》の事業が」――彼は機械を指差した――「破滅してよいものでしょうか？　その破滅を座視してよいものでしょうか？たんに外国人として数日この島に滞在するにすぎない場合でも？　しかも事態は切迫しています、自分の裁判権に反対するなにごとかが企てられているのです、司令部ではすでに数度にわたって協議が行われましたが、自分は招かれませんでした、今日のあなたのご訪問すら状況を端的に物語るものと思われます、つまりかれらは臆病《おくびょう》なので、外国人であるあなたを派遣してよこしたのです。――かつての死刑執行はどんなに違っていたことでしょう！　処刑の前日にはもう谷中に人間が溢《あふ》れました、みな、ただ見物することだけが目的で集って来たのです、朝早く司令官が愛妾たちを従えてあらわれます、ファンファーレが全陣営を目覚めさせ、自分が、準備完了と報告します、全社交界が――高官たるものはけっして欠席を認められませんでした――機械のまわりに居流れます、この籐椅子の山は盛時をいまに伝える惨《みじ》めな残骸《ざんがい》なのです。機械は磨き立てられて光りかがやいています、自分は処刑に際して、ほとんど毎回、新しい部品を供給されたものでした。幾百ともしれぬひとびとが見守るうちに——観衆はみな爪先立《つまさきだ》ちになって、その辺から山頂までを埋めつくしました——司令官がみずから囚人を馬鍬の下に横たえます。今日では下級兵士の手に委ねられていることが、かつては自分の、現裁判長たる自分の仕事であり、名誉であったのです。そして、いよいよ処刑がはじまります！　機械の作業を妨げる耳障《みみざわ》りな音が響くこともありません。多くのものはもはや全然眺めることをせずに、目を閉じて、砂の上にひれ伏しています、いまこそ正義が行われる、と誰もが知っていたのです。静寂のなかで、フェルトに弱められた囚人のうめき声だけが聞えます。今日では、この機械が、フェルトでも消すことのできない、烈《はげ》しいうめき声を囚人から搾《しぼ》り出すことはもはや期待できません、しかしあのころは文字を書く針が、今日では使用禁止になっている、腐蝕《ふしょく》性の液体を滴《したた》らせていたのです。さて、そうこうするうちに六時間目が来ます！　しかし、近くから眺めたいという願いを、みんなにかなえてやるわけにはいきません。賢明な司令官は、子供を最優先するように命令されました、自分は職務柄いつでもすぐ近くにいることが許されていましたので、小さな子供をふたり、それぞれ左右の腕に抱きかかえるようにして、しばしばそこにしゃがみ込んだものでした。われわれはみな、拷問《ごうもん》に苛《さいな》まれた顔が神聖な恍惚の表情に変って行くのを、いかばかりの思いで眺めたことでしょう、いかばかりわれわれは、ついに達成された、そしてたちまち消滅して行く、この正義の光を頰に浴びたことでしょう！　同志よ、なんという時代だったろう！」士官はあきらかに、自分の前にいるのが誰なのかを忘れていた、彼は探険家を抱擁して、その肩に頭をこすりつけた。探険家は大いに困惑して、苛立《いらだ》たしげに士官の肩越しに目を遣《や》った。兵士は清掃作業を終えて、こんどは飯盒《はんごう》から小鉢に粥を注いでいるところだった。もうすっかり元気になったらしい囚人は、それに気づくとすぐに、舌の先で粥を掠め取りはじめた。兵士がいくども囚人を払いのけたのは、粥はもっとあとであたえられることになっていたからであろうが、しかし、その兵士が汚い両手で小鉢から掬い取った粥を飢えている囚人の前で啜《すす》り込むのは、どう見てもふさわしいことではなかった。

士官は急速にわれに還《かえ》った。「故意にあなたの感動を誘うつもりはなかったのです。それに、今日、あのころをわかっていただけるはずがないことは自分も知っています。それに、機械はともかくもまだ活動して、それ自体としての効力を発揮しています。この機械は、たとえこの谷間にひとつだけぽつんと立っているとしても、その固有の役割を果しているのです。そして死体は、あのころのように数百のひとびとが蠅《はえ》のように穴のまわりに集っていなくても、依然として最後には不可解にも穏やかな弧を描いて穴のなかに落ちて行きます。あのころは穴のまわりに頑丈な手摺《てすり》を取り付けねばなりませんでしたが、それももうとうに取り払われてしまいました。」

探険家は士官から顔をそむけて、どこということもなく、あたりを見回した。士官は探険家が往時にかわる現在の谷間の荒涼たる姿に打たれているのだと思った、そこで彼は探険家の両手を取り、その視線を捉《とら》えるために、探険家のまわりをぐるっと回って、訊ねた、「これがどれほどの屈辱か、おわかりですか？」

しかし探険家はなにも言わなかった。士官はしばらくのあいだ彼をそのままにしておいた、両足を拡げ、両手を腰に当てて、士官は無言のまま、じっと地面をみつめた。それから彼は探険家に向って、元気づけるような微笑を浮べて、言った、「昨日、司令官があなたをご招待したとき、自分はあなたの近くにおりました。自分は司令官があなたをおもてなしする言葉を聞いておりました。自分には司令官の心裏が手にとるようにわかります。あの招待によって彼が意図しているものを、自分はたちまち察知しました。彼の権力は強大なので、自分に干渉することも容易なはずなのに、いままでのところ彼はまだあえてその挙に出ることをしません、が、かわりに彼はこの自分をあなたに、令名ある外国人であるあなたの批判に曝《さら》すことにしたのです。彼は周到にもつぎのように計算しました、これはあなたの本島滞在第二日である、あなたは前司令官とその抱懐せる諸理念を知らない、あなたはヨーロッパ的思考法に捉えられている、おそらくあなたは死刑一般、とりわけ、かかる機械による処刑に対する原則的反対者であろう、その上、あなたは処刑が公衆の関与なしに、悲惨にも、すでにいくぶん破損した機械によって行われるのを目撃することになる——かくて、これらすべてを総括すれば（と、司令官は考えているのです）、あなたが自分の方式を不当と見《み》做《な》すに到《いた》ることは、あきらかではなかろうか？　そしてもし不当と見做すならば、あなたはそのことを（自分は依然として司令官の考えを言っているのですが）きっと口にするだろう、なぜならあなたはあきらかにご自分の幾多の試《し》煉《れん》によって磨かれた諸信念を信頼しているからだ。あなたはいうまでもなく多くの民族のさまざまな習俗をごらんになり、かつ、それを尊重することも心得ておられる方なのですから、自分の方式に対する反対を、故国でならたぶんそうなさるほど明確には発言されないでしょう。しかし司令官には、それはまったく必要ではないのです。ほんのかりそめの、不用意な一語で充分です。その一語は、彼の願うところと合致するようにみえさえすればいいので、あなたの信念を反映している必要はまったくありません。彼が狡猾《こうかつ》さのかぎりをつくしてあなたを質問攻めにすること、それは確信をもって断言できます。

そして彼の愛妾たちは、あなたがたのまわりに車座にすわって、聞き耳を立てるでしょう、あなたがたとえば、「わたしの国では、裁判は別な仕方で行われます」、あるいは「わたしの国では、被告は判決の前に尋問を受けます」、あるいは「わたしの国では、死刑以外の刑罰もあります」、あるいは「わたしの国では、拷問は中世にしか行われませんでした」と言われたとします。これはみな、あなたにとって自明なことでしょうが、同様にまた正しくもある言葉、罪のない言葉であって、なんら自分の方式を攻撃するものではありません。しかし司令官はそれをどんなふうに受け取るでしょうか？　あの司令官がたちまち椅子を傍らに押しのけて、急いで露台へ出て行くのが、そのあとから彼の愛妾どもがぞろぞろとついて行くのが目に浮びます、彼の声が――愛妾どもはそれを雷霆《らいてい》のような声と呼んでいますが――耳に聞えます、そして彼が演説するわけです、『万国における裁判法審査の特命を帯びた西洋の大学者が、ただいま、旧套《きゅうとう》を墨守する当地の方式は非人間的である、と言明された。かかる権威によって、かくのごとき判断がしめされた以上、本官がこの方式を許容し置くことは、もはや不可能であると言わざるをえない。よって本官は、本日付をもって、以下のように命令する――。』あなたは抗議なさろうとします、あなたは、彼が布告しているようなことは、おっしゃらなかったのですから、自分の方式を非人間的と呼ばれるどころか、逆に、あなたの深い英知にふさわしく、これをもっとも人間的なもの、もっとも人間の尊厳にかなうものと考えておられるのですから、そして、あなたはまたこの機械にも感嘆をおしまれないのですから――しかし、遅過ぎます、露台はもう女どもでいっぱいなので、あなたが姿をみせることはできません、あなたはご自分の存在を主張なさろうとします、叫ぼうとなさいます、しかし女の手がのびて来て、あなたの口を塞《ふさ》いでしまいます――こうして、自分と前司令官の事業とは、滅んで行くのです。」

探険家は込み上げて来る微笑をじっとこらえた、自分がきわめて困難だと思っていた課題が、じつは易々たるものだったからである。彼は、逃げを張りながら、言った、「あなたはわたしの影響力を過大評価しているのです、司令官はわたしの推薦状を読みましたから、わたしが裁判法の専門家でないことはご存知です。わたしが意見を言ったところで、それは一私人の意見というだけで、その辺の誰彼の意見以上に重要なわけではありません、いずれにせよ、わたしの推測によれば、この流刑地で広大な権限をもっているらしい司令官の意見に較《くら》べれば、まったくとるにたらないものなのです。この方式に関する司令官の意見がお話のとおりであるとすれば、お気の毒ですが、わたしのささやかな協力を俟つまでもなく、いずれこの方式は終焉《しゅうえん》を迎えることになるのではないでしょうか。」

士官はもう理解したろうか？　いや、まだ理解しなかった。彼は烈しく頭を振り、囚人と兵士のほうをちらと振り返ると、ふたりはびくっとして粥を啜るのをやめた、それから彼は探険家のところへ、身体が触れ合うほど近く、歩み寄って、探険家の、顔は見ずに、上着のどこかをみつめながら、前よりも低い声で言った、「あなたは司令官をご存知ないのです、あなたは司令官にとってもわれわれすべてにとっても——失礼な表現をお許しいただきますが——いわば無害な方です、が、あなたの影響力は測り知れぬほど巨大なのです。あなたがおひとりで死刑執行に立ち会われると聞いたとき、自分は狂喜しました。司令官のこの指示は自分を標的にしたものですが、それならば、よし、自分はそれを逆手にとるまでです。謬《あやま》った教唆《きょうさ》や軽蔑《けいべつ》をこめた視線——これは、大勢の人間が処刑に関与するとなれば、どうしても避けられないものですが——そういうものに惑わされることなく、あなたは自分の説明を傾聴され、機械をごらんになり、いまや、処刑を視察なさろうとしておられます。あなたのご判断は疑いもなくすでに定まっておいでです。でしょう、瑣末《さまつ》な点に関してはまだ不確かなところがおありかもしれませんが、処刑をごらんになっているうちに、疑念はおのずから氷解するに違いありません。そこで、お願いがあるのです、どうか司令官に対して自分を支援してください！」

探険家は士官の言葉を遮った。「どうしてわたしにそんなことができるのですか？」と彼は叫んだ、「そんなことはまったく不可能です。わたしはあなたに損害をあたえることができませんが、それと同様に、あなたの役に立つこともできないのです。」

「できますとも」と士官が言った。探険家は士官が両の拳をかためるのを、いくぶん恐怖を感じながら、見た。「できますとも」と士官が、いっそう激しい勢いで、繰返した。「自分は一つの計画をもっていて、これは成功するにちがいないのです。あなたはご自分の影響力は充分でないとお考えです。充分であることは自分がよく知っているのですが、たとえおっしゃるとおりだとしても、この方式を維持するためには、すべてを、不充分かもしれないことをすら、試みる必要があるのではないでしょうか？　では、自分の計画をお聞きください。この計画を実行するためには、あなたが今日この流刑地《るけいち》で、自分の方式に関するあなたのご判断をできるだけ伏せておくことが、とりわけ肝要です。直接訊《たず》ねられるのでないかぎりは、けっしてご意見を口になさってはいけません、なにかおっしゃるとしても、短く曖昧《あいまい》でなければならないのです、つまり、あなたはそれについては話したくないと思っておられること、内心では憤慨しておいでで、もし率直に言わねばならないとすれば、たちまちきつい非難の言葉を吐かずにいられないこと、それにみんなが気づくようにするわけです。けっして、嘘をついていただきたいと、お願いしているのではありません、ただ、短く、たとえば『ええ、処刑を見ました』もしくは、『ええ、詳しく説明してもらいました』とだけ答えるのです。それ以上はなにもおっしゃらないでください。あなたがみんなに気づかせる憤慨がすでに、司令官の考える意味においてではないとしても、充分なきっかけになります。司令官はもちろんそれを完全に誤解して、彼流に解釈するでしょう。自分の計画はそこに基盤を置くのです。明日、司令部では、司令官を議長として高級行政官全員による大会議が開かれます。司令官はむろんこのような会議を華麗な祝典にするのが得意で、見物席まで造らせましたが、これはいつでも観衆でいっぱいになります。自分もやむなく協議に参加しますが、それを思うと身震いするほど厭な気がします。あなたはいずれにせよ確実に会議に招待されますが、もしあなたが、今日、自分の計画に合せて行動してくだされば、その招待は切実な懇願に変るはずです。しかし、もしなんらかの不可解な理由から、招待されない場合には、あなたはもちろん招待されるよう要求なさらなければなりません、それが受入れられることは確実です。そこで、あなたは、明日、司令官の桟敷《さじき》に、その愛妾どもといっしょに、すわることになります。司令官はなんども視線を上に向けて、あなたが同席していることを確認るでしょう。雑多な、どうでもいいような、聴衆目当だけの、滑稽《こっけい》な議題――たいていは築港問題です、いつでも決って築港問題なのです！――のあとで、裁判方式も議題に上るはずです。司令官の側でそれを避けるようだったら、もしくは、ぐずぐずするようだったら、議題に上せるように自分が取り計らいます。自分は起立して、本日の死刑執行について報告するのです。ごく簡潔に、報告だけをするのです。このような報告は、会議の席ではたしかに異例なものですが、それを自分はあえてするのです。司令官は、いつものように、好意的な微笑を浮べながら、感謝の意を表するでしょう、しかし、彼はいまや自制できなくなっていて、つい、この好機を摑んでしまいます。『ただいま』と、まあ、だいたいのところ、つぎのように彼は言います、『死刑執行に関して報告が行われました。本官はこの報告につぎの事実を付言したいと思います、すなわち、この死刑執行には、一同周知のとおり、当流刑地にご来駕の栄を辱《かたじけ》のうしている、かの大学者閣下が立ち会われたのであります。本日のこの会議も、閣下のご臨席によって、いちだんとその意義を高めることになりました。そこで、本官は閣下に、古い慣例を踏襲する死刑執行と、それに先行する裁判法を、閣下はどのように判断されているのか、お訊ねしてみたいと思うのでありますが、ご異議ありませんか？』もちろん、万雷の拍手、異議なし、の声が挙ります。拍手も、賛同の声も、いちばん大きいのは、自分です。司令官はあなたに一礼して、言います、『それでは、一同を代表して、お訊ねいたします。』そこで、あなたが手摺に歩み寄ります。両手は誰からも見えるところに置いてください、さもないと女どもがあなたの指を弄《いじ》って誘惑してしまいますからね、——そして、いよいよあなたが発言するのです。それまで数時間の緊張をどのように耐えうるものか、自分には見当もつきません。そして、いったん話しはじめたら、もはやどのような抑制も無用です、真実を叫んでください、手摺から身を乗り出して、怒鳴ってください、そうですとも、司令官に向って、あなたのご信念を、あなたの不動のご信念を怒鳴ってください。しかし、そういうことはお厭かもしれませんね、あなたのご性格にふさわしくないことです、お国では、こういう場合、たぶん別な態度をとるのでしょうね、それでもいいのです、それだけで、完全に充分なのです、あなたは起立されなくて結構です、ほんの二言三言おっしゃってください、あなたのすぐ下にいる役人だけに聞えるように囁《ささや》いてください、それで充分です、あなたご自身が、処刑に対する関心の欠如、軋《きし》る歯車、千切れた革ひも、忌《いま》わしいフェルトについてお話しになる必要はまったくありません、あとは万事この自分が引き受けます、まあ、見ていてください、自分の熱弁によって、彼は議場からこそこそと逃げ出して行かなければならなくなるでしょう、さもなければ、否《いや》でも応でも跪《ひざまず》いて、『前司令官殿、自分は貴官の前に首《こうべ》を垂れます』と告白しなければならなくなるでしょう。これが自分の計画です、その実行を支援してくださいますか？　いや、もちろんあなたはそうなさりたいご心境でしょう、それどころか、支援せずにいられないご心境なのでしょう。」そして士官は探険家の両腕を摑むと、喘《あえ》ぐような息づかいをしながら、探険家の顔を覗《のぞ》き込んだ。最後の言葉を彼は喚《わめ》くように叫んだので、兵士と囚人すら注意を奪われた。かれらはなにひとつ理解できなかったが、それでも偸《ぬす》み食いをやめて、口を動かしながら、探険家のほうを眺めた。

探険家のなすべき答は、彼にとってははじめから決っていた、彼はこれまでの人生できわめて多くの経験を経て来たので、この場合にも動揺することがなかった、彼は本質的に誠実で恐れを知らない男だった。それにもかかわらず、彼はいま兵士と囚人を見て、一瞬、躊躇《ためら》った。しかし、やがて彼はありのままに言った、「お断りします。」士官はいくども目をしばたたかせた、が、その目を探険家から逸らせなかった。「説明をお望みですか？」と探険家が訊ねた。士官が無言のままうなずいた。「わたしはこの方式に反対なのです」と探険家が言った、「あなたがご胸中を吐露される前にすでに——いうまでもなく、あなたのこのような信頼を悪用するようなことはけっしていたしませんが——わたしは、自分にはこの方式に干渉する権利があるだろうか、わたしの干渉にはほんの僅《わず》かでも成功する見込みがあるだろうか、と考えてみました。干渉するとすれば、まず誰に会わねばならないか、はあきらかでした、もちろん、司令官です。あなたの計画を聞いて、それがいっそうはっきりしました、あなたの言葉ではじめて決心がついたというのではありません、しかし、わたしの決心はもはや動きませんが、あなたの炎《も》えるような信念には感動すら覚えました。」

士官は無言のままじっと立っていたが、やおら機械に歩み寄ると、真鍮《しんちゅう》の柱の一つを摑んで、すこしのけぞりながら、故障しているところがないかどうか検査するように、図案家を見上げた。兵士と囚人はすっかり心安くなったらしかった、囚人は、革ひもで身体《からだ》をしっかりと固定されているためにきわめて困難なことではあったが、兵士に向って合図した、兵士が囚人のほうへ身体を屈めた、囚人がなにごとかを囁き、兵士がうなずいた。

探険家は士官の背後に近づいて、言った、「わたしがどのように行動するか、まだお話ししていません。たしかにわたしはこの方式に関するわたしの見解を司令官に伝えはしますが、しかし、会議の席ではなく、ふたりだけのときに伝えるつもりです、それからまたわたしは、それほどながく逗留《とうりゅう》するわけではないので、どのような会議にも招待されることはありえません、じつは明日の朝にはもう島を離れるのです、あるいは、すくなくとも船に乗り込むのです。」士官は探険家の言葉に耳を傾けているようにはみえなかった。「それでは、この方式はあなたを納得させなかったのですね」と彼は、独り言のように言って、微笑したが、それは老人が子供の愚行に対して浮べる、そして、その奥に自分の真の瞑想《めいそう》を隠している、あの微笑だった。「それでは、いよいよ潮時です」と、やがて彼は言って、突然、ある挑発、協力へのある呼びかけを含んだ、きらきらとかがやく目で探険家をじっとみつめた。「なんの潮時ですか？」と探険家が不安げに訊ねたが、答はなかった。「おまえは放免だ」と士官が土地の言葉で囚人に言った。囚人は最初それを信じなかった。「おまえは放免なのだ」と士官が言った。囚人の顔がはじめてほんとうに生きとなった。夢ではないだろうか？　すぐにまた変ってしまう士官の気紛れにすぎないのではないだろうか？　外国の探険家が、特赦があたえられるように尽力してくれたのだろうか？　いったいどうしたことだろう？　彼の顔はそう訊ねているようにみえた。しかしそれもながいことではなかった。事情はどうともあれ、彼は、できるものなら、ほんとうに放免されたかったのである、彼は馬鍬が許すかぎり踠《もが》きはじめた。

「こら、革ひもが切れてしまう」と士官が叫んだ、「静かにしろ！　すぐに解《ほど》いてやるぞ。」そして彼は、兵士を促して、ふたりで作業にとりかかった。囚人は言葉なくぼんやりと低い声で笑いながら、顔をねじ曲げて左手の士官を見たり、右手の兵士を見たりした、彼は探険家のことも忘れなかった。「やつを引き出せ」と、士官が兵士に命令した。馬鍬があるために、これはいささか慎重を要する仕事だった。囚人は焦《あせ》って跪いたために、背中に数条の小さなかすり傷をつけていた。しかしこのときから、士官はもはや囚人のことなどほとんど気にとめなかった。彼は探険家のほうに歩み寄ると、またしてもあの小さな革の書類入れを取り出して、ぱらぱらとめくっていたが、やがて目当の紙片をみつけると、それを探険家にしめした。「読んでごらんなさい」と彼は言った。「読めないのです」と探険家が言った、「さっきも言ったように、わたしはこの書類を判読できないのです。」「まあ、よく見てください」と士官が言って、自分もいっしょに読むために、探険家の傍らにならんで立った。しかしそれも役に立たなかったので、彼は小指を、触れるのを恐れるかのように、紙片から離して高く差し上げながら、文字をなぞって、探険家が判読するのを援けようとした。探険家のほうも、せめてそれくらいは士官を満足させたいと考えて、しきりに苦心したが、どうしても判読できなかった。すると士官は文字を一字ずつ区切って読み、それからもういちど、こんどは全文をつづけて読んだ。「『正

「こんどはあなただって読めるでしょう。」探険家が紙片の上にかぶさるように身体を屈《かが》めたので、士官は触れられるのを恐れて、紙片をさらに遠くへ離した、探険家はなにも言わなかったが、依然として判読できないことはあきらかであった。「『正義に遵え!』――というのです」と士官がもういちど言った。「そうかもしれません」と探険家が言った、「そう書いてあるような気がします。」「結構です」と士官は、すくなくともある程度は満足して言うと、その紙片を手にもって、梯子《はしご》をのぼって行った、彼は紙片を非常に慎重に図案家のなかに敷いて、それから、歯車装置の配置をどうやら完全に変えているらしかった、それははなはだしく厄介な作業で、微小な歯車まで調整しなければならなかった、しばしば士官の頭がすっかり図案家のなかに隠れた、それほど精確に歯車装置を検査しなければならなかったのである。

探険家はこの作業を下から見まもりつづけていた、彼の項は硬《こわ》ばり、目は、空に溢れるばかりにかがやくぎらぎらとした陽光のために、痛くなった。兵士と囚人はいまや自分たちのことだけに夢中になっていた。兵士は銃剣の先で、穴のなかに落ちていた囚人のシャツとズボンを拾い上げた。シャツは驚くほど汚れていて、囚人はそれをバケツのなかで洗った。それから囚人がそのシャツとズボンを着ると、それは背中で真二つに裂けているので、兵士も囚人もつい大声で笑い出さずにいられなかった。囚人は兵士を楽しませる義務があると思ったのであろう、その裂けた服装のまま兵士の前でくるくると踊るように回ってみせ、兵士はしゃがんでそれを見ながら、膝《ひざ》を叩《たた》いて笑い興じていた。それでもかれらは、お偉方が近くにいるので、つとめて自制しているのであった。

士官は機械の上でやっと作業を終えると、微笑を浮べながらもういちど全体を、細部にわたって、眺め渡し、それまで開いていた図案家の蓋《ふた》を閉め、地上に降りて来て、穴のなかを、ついで囚人を見、囚人の衣類が穴のなかから引き上げられたのを満足げに確認してから、手を洗いにバケツのほうへ歩いて行ったが、そのときになってはじめてバケツの水がいやに汚れているのに気づいて、手を洗えないのにがっかりしながら、仕方なしに——彼としてはこの代用物に不満であったが、我慢するほかなかった——砂で手を擦《こす》り、それが終ると、身体を起して、軍服のボタンをはずしはじめた。するとたちまち、カラーの下に押し込んでおいた、婦人用のハンカチが二枚、士官の手に落ちて来た。「そら、おまえのハンカチだ」と言って、彼はそれを囚人に向って投げつけた。そして彼は説明するように探険家に言った、「女どもが死出の餞《はなむ》けにこいつに遣ったのです。」

士官はあきらかに大急ぎで軍服の上着を脱ぎ、それから衣服を全部脱いでしまったのだが、そのくせ衣類のひとつひとつをきわめて細心に取り扱い、上着の銀モールはわざわざ指で撫《な》でつけ、乱れた総《ふさ》を揺《ゆす》って整えさえした。しかし、どう考えてもこの細心さに似合わしくないことであったが、彼はこうして丁寧に一つの衣類をたたみ終えると、こんどは乱暴にそれを穴のなかへ投げ込んでしまうのであった。最後に彼が身につけているのは、紐《ひも》でつった短剣だけになった。彼は鞘《さや》から短剣を引き抜くと、それをへし折って、それから全部、折れた短剣と鞘とつり紐をひと纏《まと》めに摑み、穴の底でそれらがぶつかり合う音が聞えたほど、力まかせに投げ込んだ。

いまや士官は素裸かで立っていた。探険家は唇を嚙《か》んで、なにも言わなかった。彼はこれから起るであろうことを知ってはいたが、なににせよ士官がすることを阻止する権利が彼にはなかった。士官が固執している裁判法が実際にまもなく——場合によっては、探険家がひそかにそうするのが自分の義務だと感じている、その干渉によって——廃止されるとすれば、それならば士官はいま完全に正しい行動をとっているのであった。かりに士官の立場に置かれたとすれば、探険家もまたいまの士官と同じ行動をとったろう。

兵士と囚人は、最初、なにひとつ理解していなかった、はじめのうち、かれらは士官のほうを見向きもしなかった。囚人はハンカチを返してもらったのに大喜びしていたが、それもながつづきしなかった、兵士が不意を衝《つ》いてすばやくそれをひったくったのである。そこでこんどは、兵士が革帯に挟んだハンカチを抜き取ろうと、囚人があの手この手を試みたが、兵士のほうは油断なく構えてその隙《すき》をみせなかった。そんなふうにして、かれらはなかばふざけながら、争っていた。士官が素裸かになったときにはじめて、かれらは注目した。とくに囚人のほうがおぼろげながら事態の急変を察知したらしかった。囚人の身に起ったことが、こんどは士官の身に起るのだ。こんどこそは行きつくところまで行くだろう。外国の探険家がそう命令したのかもしれない。これはつまり復讐《ふくしゅう》なのだ。自分は最終的な苦しみを嘗《な》めずに、最終的な復讐を成し遂げたのだ。囚人の顔に相好《そうごう》を崩しての声のない笑いが浮び、それからはもはや消えなかった。

士官は機械のすぐ傍らに立っていた。彼がこの機械に精通していることはすでにあきらかであったとはいえ、彼が巧妙に機械を操作し、機械が従順にそれに従うさまは、やはり驚くべき見物であった。彼が馬鍬《まぐわ》に手を近づけただけで、馬鍬は、彼を迎える正しい位置を定めるまで、いくども上下運動を繰り返した、彼が寝台の縁に手をかけると、それだけでもう寝台は振動しはじめた、フェルトの栓が彼の口に当っていた、彼はほんとうはその栓を厭がっているらしかったが、その躊躇は一瞬にすぎず、彼はすぐ事態に順応して、フェルトの栓を口に含んだ。準備は整った、ただ革ひもはまだ寝台の縁から垂れ下っていたが、もともと革ひもは無用だった、士官は革ひもで固定される必要がなかったのである。そのとき囚人が解けたままの革ひもに気づいた、彼の考えによれば、革ひもがかたく締められていなければ死刑執行は完全ではないのであった、囚人は兵士に向って真剣に合図を送り、ふたりは士官の身体を固定するために駆け寄った。士官は、図案家を作動させるハンドルを圧すために、片足をのばしていたが、ふたりが駆け寄って来るのを見ると、その足を引っ込めて、革ひもで固定されるのに任せた、もはや士官がハンドルに触れることはできなかったし、兵士も囚人もハンドルをみつけることはおそらくできないであろう、探険家はけっして身体を動かすまいと決心していた。しかし探険家が身体を動かす必要はなかった、革ひもが固定されるやいなや、機械は作業しはじめたのである、寝台は顫動《せんどう》し、針は皮膚の上に踊り、馬鍬は上下に揺れた。探検家はしばらくのあいだそれをただ凝然とみつめていたが、ふと図案家のなかの歯車が一つ騒々しく軋るはずなのを思い出した、しかしあたりは静寂そのものであった、かすかな唸《うな》り声ひとつ聞えないのである。

作動がこれほど静かであるために、機械は文字どおりみなの注意力の圏外に消えてしまった。探険家は兵士と囚人のほうに目を遣った。囚人のほうが生き生きとしていて、機械のあらゆる部分に興味を惹《ひ》かれていた、彼は身体を屈めたり、伸ばしたりしながら、絶えず人差指で兵士になにかを差ししめしていた。探険家にはそれが煩《わずら》わしかった。探険家は最後までここにとどまる決心をしていたが、ふたりの挙動をいつまでも見ていることはできそうもなかった。「家へ帰れ」と彼は言った。兵士はその気になったらしかったが、囚人のほうはその命令を処罰とうけとった。囚人は両手を組み合せて、泣き出しそうになりながら、ここにいさせてほしいと哀願し、探険家がかたくなに顔を振ってうけつけないのを見ると、地面に跪きさえした。探険家は、この際、命令しても無駄なことを看《み》て取って、ふたりのところへ行って、力ずくで追い払おうとした。そのとき、彼は上の図案家のなかにある雑音を聞いた。彼はそのほうを見上げた。歯車のひとつが故障したのだろうか？　しかし、それとは別ななにかであった。図案家の蓋がゆっくりと持ち上り、やがてばたんという音がして、完全に開いた。歯車のぎざぎざがあらわれ、迫り上り、まもなく歯車全体が姿をあらわした、それは、図案家がある巨大な力に圧《お》し潰《つぶ》されて、その歯車を入れておく余地がなくなったかのようであった、歯車は回転しながら図案家の縁にのぼり、落下して、まだしばらくは立ったまま砂の上を転がり、それから倒れて静止した。しかし、上ではすでに別の歯車があらわれ、つづいて夥《おびただ》しい数の大小の歯車、ほとんど同型の歯車がつぎつぎにあらわれて、いずれも同じことを繰り返した、こんどこそ図案家も空《から》になったかと思うと、途端にまたつぎの、歯車がいくつも組み合された部品があらわれて、迫り上り、落下し、砂の上を転がって、倒れるのである。囚人はこの出来事に心を奪われていた、歯車は彼をすっかり有頂天にした、彼はしきりに歯車を摑もうとして、兵士をも手伝うようにと急《せ》き立てたが、絶え間なくつぎの歯車があらわれて、それが、すくなくとも転がりはじめるときに、彼の恐怖心をかき立てるので、手を伸ばしてはみるものの、すぐにまたびくっとして、その手を引っ込めるのであった。

それに反して探険家はすっかり慌てていた、機械はあきらかに崩壊しつつあった、静かな作動とみえたのは錯覚にすぎなかった、士官はいまやわが身の処置も自由にならないのだから、自分が士官の世話を引き受けてやらねばならない、と彼は思った。しかし、歯車の落下に注意を奪われているあいだ、彼は機械の他の部分を監視するのを怠っていた、そして、最後の歯車が図案家から落下したいま、馬鍬の上に屈み込んだ彼は、新たな、いっそう無気味な不意打ちをうけることになった。馬鍬はいまや書くのではなく、ただ突き刺しているのであった、寝台はいまや身体を反転させるのではなく、振動しつつ、針がいっそう深く食い込むように、身体を持ち上げているのであった。探険家は身を挺《てい》して、できるものなら機械の作動を停止させようとした、これはもはや、士官が達成しようとした拷問ではなくて、露骨な殺人であった。そのとき馬鍬は、ふつうなら十二時間目に起るように、士官の身体を突き刺したまま、迫《せ》り上って横に移動した。血が、水を混えずに、幾百の筋を引いて流れていた、水を噴き出す管も今回は故障したのである。その上、最後の機能まで故障していた、士官の身体は針から離れず、血を迸《ほとばし》らせながら、穴のなかに落ちきれずに、垂れ下ったのである。馬鍬はもとの位置に戻りかかったが、まだ重荷から解放されていないのに自分で気づいたかのように、なおも穴の上にとどまった。「手伝いたまえ！」と探険家は兵士と囚人に向って叫ぶと、自分は士官の両足を摑んだ。探険家は士官の足に自分の体重をくわえ、他のふたりが反対側で士官の頭をおさえて、士官の身体を静かに針からはずすつもりであった。しかしふたりは近寄る決心をつけかねていた。探険家はふたりのところへ歩いて行って、力ずくでかれらを士官の頭があるところへ追い立てねばならなかった。そのとき彼は心ならずも死体の顔を見てしまった。それは生きていたときのままの顔であった、約束された救済の徴候は発見できなかった、この機械に掛けられたすべての囚人が見出《みいだ》したもの、それを士官は見出さなかったのである、唇はかたく閉じ合されていた、目は見開かれて、まだ生きているかのようであった、視線は物静かで、確信に満ちていた、そして、大きな鉄の鑿《のみ》の先が額を刺し貫いていた。

探険家が兵士と囚人を従えて流刑地の最初の家並まで来たとき、兵士がそのなかの一軒を指差して、「これが喫茶店です」と言った。

ある家の一階が、天井が低く奥行の深い、洞窟《どうくつ》のような、壁も天井も煤《すす》けた部屋になっていた。部屋の、通りに面した部分は、すっかり開け放してあった。喫茶店は、司令部の宮殿建築にいたるまで、すべてが老朽化しているこの流刑地の他の家々とさして変ったところもなかったが、それでも探険家には歴史的な遺物の印象をあたえ、彼はこの流刑地のかつての栄光を感じた。彼はそこに近づき、ふたりを供に従えて、喫茶店の前の路上に並んでいる、がらあきの椅子《いす》のあいだを通って行って、部屋の奥から漂って来る、冷く澱《よど》んだ空気を吸った。「前司令官はここに埋められています」と兵士が言った、「司祭はあの老耄《おいぼれ》を墓地に埋葬することを拒否したのです。どこに埋めればよいのか、しばらくのあいだ、みんなが困っていたのですが、結局ここに埋めることになったのです。これはきっと士官があなたにお話ししなかったと思いますが、いうまでもなくこれは彼にとって最大の屈辱だったからです。士官はなんどか夜に紛れてあの老耄を掘り出そうとしましたが、そのつど追い払われてしまいました。」「その墓はどこにあるのだ？」と探険家は、兵士の言葉が信じられなくて、訊ねた。するとやにわに兵士と囚人が、ふたりとも、探険家の前のほうに駆け出して、手を差しのべて、墓があるという個所を指差した。かれらは探険家を奥の壁際へ連れて行ったが、そこのいくつかのテーブルには、客がすわっていた。おそらく港の人夫であろう、頬から顎《あご》にかけて、短い、かがやくように黒い髭《ひげ》を生やした、屈強な男たちであった。かれらはみな上着なしで、シャツはぼろぼろだった、屑《くず》のように扱われている、貧しい連中なのである。探険家が近づくと、幾人かが立ち上り、壁に身体を圧しつけて、探険家をみつめた。探険家のまわりで、「外国人だ」という囁き声が交された、「墓を見に来たんだ。」かれらがテーブルのひとつを傍らへ寄せると、その下にほんとうに墓石があった。ごくありふれた石で、テーブルひとつの下に隠れてしまうほど低く造られていた。石には微細な文字で銘文が彫られていた、探険家はそれを読むために跪かねばならなかった。こう書いてあった、「ここに老司令官閣下は眠る。閣下を崇敬せるものら、いまその名を明記するあたわずと雖《いえど》も、この地に墳塋《ふんえい》を築きぬ。一予言に曰《いわ》く、特定の歳月を閲せんか、閣下は甦《よみがえ》り、ふたたび当流刑地に号令せんがため、当家屋より、閣下を崇敬する軍勢を指揮することあらん、と。汝《なんじ》ら、信じて、而《しこ》うして待て。」それを読み終って、立ち上ったとき、探険家は、男たちが自分を取り囲むように立って、かれらも探険家といっしょにこの銘文を読み、それを滑稽だと思い、探険家も自分たちの意見に賛成せよと誘うかのように、薄笑いを浮べているのを見た。探険家はそれに気づかなかったふりをして、かれらに小銭を分けあたえ、テーブルが墓石の上に戻されるのを待って、喫茶店を出ると、港へ向った。

兵士と囚人は喫茶店で知り合いに出会って、引き留められた。しかしまもなくかれらはそれを振り切って出て来たらしかった、探険家が小舟の乗り場へのながい階段をやっと中程まで降りたとき、かれらはもうあとを追って駆けて来たのである。かれらは、最後の瞬間になって、探険家に、自分たちも連れて行ってほしいと、強引に頼み込むつもりらしかった。探険家が下で船頭と汽船へ渡してもらう交渉をしているあいだに、ふたりは物も言わずに、というのは大声を挙げては失礼だと思ったからだが、階段をするすると降りて来た。かれらが下に降り立ったときには、探険家はもう小舟に乗っていて、小舟はちょうど岸から離れたところだった。それでもかれらはまだ小舟に飛び乗ることもできたろうが、探険家が舟底から結び目のある重い綱を拾い上げて、かれらを脅かし、それでやっとかれらが飛び乗るのを防いだのであった。

田舎医者

　思案に尽きるとはこのことだった。のっぴきならぬ用向きで家を出ようとしていた所なのだ。十マイルさきの村で重病の患者が待っていた。猛烈な吹雪がわたしと患者をへだてる広々とした空間をうめつくしていた。馬車は持っていた。軽くて、大型の車輪がついていて、街道を乗り廻すにはうってつけの馬車なのだ。毛皮にくるまり、器具一式を収めた鞄《かばん》をさげ、いつでも出発できるようにわたしは庭に立っていた。ところが馬がいなかった、肝腎の馬が。わが家の馬は昨夜、凍《い》てつくこの厳冬に酷使しすぎたせいで、くたばってしまった。女中が村中をかけずり廻って、馬を貸してくれと頼んでいる最中だが、あてにならぬことはよく承知していた。降り積む雪に次第に埋れ、いよいよ身動きも取れなくなるままに、ただぼんやりとわたしは立ちつくしていた。門のあたりに女中がひとりで姿を見せた。角燈《かくとう》をぶらぶらさせていた。理の当然だ。誰が今時、こんな旅行のために馬を貸すものか？　わたしはもう一度、庭を隅から隅まで歩き廻った。どんな見通しも立たなかった。心労のあまりに頭がぼうとして、わたしは、もう何年もほったらかしにしてある豚小屋の、こわれかけた戸を足で蹴飛《けと》ばした。戸は開くと、はずれもせずに音立ててしまったりあいたりした。馬でもいるようなぬくもりと匂《にお》いが中からただよってきた。小屋の中では鈍く光る角燈が綱につり下げられて揺れていた。一人の男が、せせこましい板囲いの中にまるくなっていたが、あっけらかんとした顔をこちらに向けた。眼は青かった。「馬をつなぎますかい？」と男は、四つんばいの恰好《かっこう》で小屋から這《は》いだしながらたずねた。何と答えたものか思いつかぬまま、わたしは身をこごめ、小屋の中にまだ何があるのか、見ようとした。女中が隣に立っていた。「自分のうちにどんなものがしまってあるのか、分らないなんて」と彼女はいい、わたしたちは一緒に笑った。「ほらよ、兄《あに》さん、ほらよ、姉《あね》さん！」と馬丁が叫び、すると二頭の馬が、胴のしっかり張った巨大な動物が、戸口からつづいて出てきた。戸口いっぱいにふさがる図体の、脚をぴたりと胴に密着させ、美しい頭部を駱駝《らくだ》のようにすくめて伏せ、ただ胴体《ずうたい》を押しもみねじって進むばかりで、ゆっくりと這い出てきたのだった。しかし這い出るなり、馬は即座にすっくと身を起した。全身から湯気が立ちのぼっていた。「手伝ってやれよ」とわたしはいい、かいがいしい女中は、さっそく馬丁に車につなぐための馬具を渡しに行った。ところが、女中がそばへ寄るが早いか、馬丁は彼女を抱きしめ、顔をはげしく相手の顔に打ち当てるのだ。女中は悲鳴をあげ、わたしの所へ逃げてくる。彼女の頬には歯のあとが二列、赤く押しつけられている。「このけだもの」とわたしはかっとなって叫ぶ、「鞭《むち》を食いたいのか?」しかしその途端気づいたのは、相手が見知らぬ男だということだ。どこからきたのかも分らない。その男が、ほかの誰にもすげなくされた今、奇特にも力になってやろうというのだ。こちらの気持を見透かしてでもいるように、男はおどしに気分をそこねた様子もなく、ちょっとこちらを振り返っただけで、馬にかかりきりになっている。「お乗んなさい」といわれて、見るとなるほど、すっかり支度ができているのだ。こんな立派な馬をつないだためしは明らかに一度もなかったことで、心も軽く浮き浮きとわたしは乗りこんだ。「御者席にはわたしが坐《すわ》るよ、あんたは道を知らんだろう」というと、「さようさね」と男は答える、「御一緒するつもりは大体ないんでして。ローザとお留守番いたしますよ。」「いやよ」とローザは叫ぶなり、逃れがたい運命が迫っているのを的確に感じ取って、家の中へかけこむ。ドアチェーンをがちゃがちゃとかけ、鍵《かぎ》をかちりとしめる音がきこえてくる。それでは足らずに彼女は、玄関からはじめて部屋という部屋をかけ廻り、見つからないように、灯を全部消してしまう。「一緒にくるんだ」とわたしは馬丁にいう、「こないなら、さし迫った用件にはちがいないのだが、わたしは出かけるのをやめるよ。この馬車旅行の見返りに、あの子をあんたに任せるなんて、とんでもない話だ。」「それっ！」と男はいい、手を打ち鳴らす。たちまち馬車は、急流に投げこまれた材木のように引きさらわれて行く。まだ辛うじて耳に届いたのは、わが家の玄関のドアが、馬丁の肉弾攻撃のおかげでばりばりと割れて飛び散る音だったが、そのあとは、眼も耳も、すべての感官に一様に迫ってくる轟々《ごうごう》たる疾走の威力に圧倒されてしまった。しかしそれもほんの束《つか》の間《ま》だった、というのも、わが家の門のすぐ向いに患者の家の門が開きでもしたように、もうそこに着いていたのだ。馬は立ち止っている。雪はやんでいる。あたり一面を月の光がひたしている。患者の両親が急いで家から出てくる。彼らのあとから妹まで。わたしは車から抱えおろされるような恰好で迎えられたが、みなが脈絡なしにごちゃごちゃと喋《しゃべ》っているので、何が何やら分らない。病室に入るとまるで息もつけぬほどだった。煖炉《だんろ》の手入れが悪いので煙が濛々《もうもう》としているのだ。窓をあけようか。いや、その前にまず患者を見なくては。痩《や》せこけていたが熱はなく、冷えてもいずほてってもいず、眼を茫然《ぼうぜん》とあけたまま、シャツを着ていない若者が、羽根ぶとんの下から身を起し、わたしの首に抱きつくと、そっと耳にささやきかける。「先生、死なせてください。」思わず振り向いたが、誰にもきこえてはいない。両親は前かがみの恰好で黙って立ったまま、わたしの診断を待っている。妹はわたしの鞄を置くための椅子《いす》を運んできていた。鞄をあけてあれこれの器具を探り廻していると、若者はそのあいだ中ベッドから手をさしのべて、頼んだことを忘れないようにと催促している。わたしはピンセットをつまみ上げ、蠟燭《ろうそく》の火にかざして検分し、また下へ置く。「なるほどな」とわたしは、罰当《ばちあた》りなことを考える、「えてしてこうした時に、神さまの御加護があるということなんだな、いなくて困っていた馬を届けてくれる、それも急ぎの用だというわけで、一頭おまけにつけてくれる、その上馬丁までお恵みとは、念が入りすぎているというものだ――」ここではたと、ローザのことがまた頭に浮ぶ。わたしは何をしているのか、どうやって彼女を救うのか、あの馬丁に組み敷かれている彼女を、どうやって引きずりだしたらよいのか？　十マイルも離れていて、しかも車にはとても扱いこなせぬ馬がついているときている。この馬どもはといえば、どう細工したのか、革紐《かわひも》をたるませてしまって、どうしたのかこちらには見当のつけようもないが、外から窓を押しあけ、二頭がそれぞれ別の窓から首を突きだし、家の者たちが悲鳴をあげようがどこ吹く風といった様子で、患者をじろじろと眺めている。「すぐ戻るよ」と、馬にせき立てられでもしたように、わたしは心の中でいいはしたが、そのくせおとなしく、熱さでわたしがぼうとしているものと思いこんだ妹に、毛皮を脱がされるままになっている。ラム酒が一杯運ばれてきて、父親がわたしの肩を叩《たた》く。取っておきの宝物を振舞うのだから、ざっくばらんでよろしかろうというわけか。わたしは首を振る。老人のせせこましい料簡《りょうけん》の輪の中に入ってしまったら、胸がむかつくこと請け合いなのだ。ただそれだけの理由で、飲むのは御免をこうむる。母親はベッドのそばに立っていて、どうぞこちらへと呼んでいる。その呼びかけに応じて、わたしは若者の胸に頭をつける。馬が部屋の天井を仰いで声高くいななき、若者はわたしの濡《ぬ》れた髪を押しつけられてぞくりと身をふるわせる。先刻承知のことが確認される。若者は病気ではないのだ。血のめぐりが少し悪くて、心配性の母親にコーヒーをやたらに飲まされているだけで、実のところ健康なのだから、一番いいのはベッドからあっさり蹴りだすことだ。わたしは世界改革家ではないのでそのまま寝かしておく。わたしは郡に雇われていて、自分の義務を、これ以上では果しすぎというぎりぎりの所まで果している。報酬は微々たるものだが、貧乏な連中には気前よく応じてやり、いつでも救いの手をさしのべる用意をしている。かてて加えて、ローザの心配までしなくてはならないとなると、どうやら若者の方が正しいように思えてくる。わたしも死にたくなってくるのだ。全く、何をしているのだろう、ここで、この終りを知らぬ冬の中で！　馬がくたばる。村中の誰も自分の馬を貸してはくれない。豚小屋から動物を引張りだす羽目になる。たまたまそこに馬がいたればこそ、豚を走らせずにすんだ。ありようはこういうことなのだ。わたしは家の者たちにうなずいて見せる。連中はこうしたいきさつは何一つ知らないし、よし知ったとしても、信じないだろう。処方をしたためるのは楽な仕事だが、それ以外のことで人々と意思を通じ合うのは容易でない。まあ、とにかくこれで往診はけりがついたというものだ。またぞろ骨折損だったわけだが、もう慣れっこになっている。わが家の夜間用呼鈴をいいことに、郡の住民全体がわたしをとことん痛めつけるのだ。だがそれにしても、今度はローザまで犠牲にしなければならなかったのだ。何年もわが家でくらしているのに、ろくろく構ってもやらなかった、あの美しい少女まで——この犠牲はいくら何でも大きすぎる。わたしとしては、一時凌《しの》ぎの間に合わせに何とか頭の中で理窟《りくつ》をこね上げ、自分を納得させるのでなければ、この家の者たちにかっとなって躍りかかりかねなかった。連中がどんなに心をつくしても、ローザを返してよこすことはできないのだから。わたしが鞄をしめ、毛皮を身ぶりで所望すると、家の者たちはずらりと立ち並ぶ。父親は手にしたラム酒のグラスをしきりにかぎ、母親はどうやらわたしが期待外れだったらしく——全くのところ、このやからときたら、何を期待しているのだろう？

――涙を浮べて唇を嚙《か》みしめ、妹はどっぷりと血に染まったタオルを振り廻している。それを見ていると、どういうわけか、事と次第によっては、若者がやはり病気なのだということを、認めてやってもいいような気がしてくる。若者に歩み寄ると、彼はにっこりと微笑《ほほえ》みかける。とびきり精のつくスープを、わたしが運んで来でもしたような様子だ――どうだろう、この時、二頭の馬が揃《そろ》っていななくのだ。このやかましい嗚声は、どうやらその筋の指令によって、わたしの診察を楽にするためのものらしい――そしてたしかにここではっきりと分る。そうなのだ、この若者はたしかに病気なのだ。右の脇腹《わきばら》の、腰のあたりに、掌《てのひら》ほどの傷がぱっくりと口を開いている。桃色で、しかもその色合は微妙な変化を見せ、奥の方は黒ずみ、縁《へり》の方は淡くなっている。とりどりの形に凝固した血がこまかい粒のようにこびりつき、上の開き具合はまるで鉱山の入口のように見える。離れて見るとこんな所だが、近くで見るといよいよ惨憺《さんたん》たるものだ。思わずひゅっと口笛を鳴らさずに、誰がこれを眺めることができるだろう？　太さと長さがわたしの小指ほどもある蛆虫《うじむし》どもが、もともと桃色のからだに血を浴びてさらに紅くなり、傷の内部に食いこんだまま、白い頭を振り立ておびただしい脚をうごめかせ、身をよじって光の当る方へ這い出ようとしている。かわいそうだが、兄さん、きみには手の施しようがない。大変な傷が見つかった。この脇腹に咲いた花のおかげで、きみは破滅するのだ。家の者たちはほっとして、わたしが診察するのを眺めている。妹はよかったわねと母親にいい、母親は父親にいい、父親は何人かの客にいう。つまり何人か、爪先立《つまさき》ちで、両腕をひろげてバランスを取りながら、あけ放したドアにさしこむ月光に照らされて、室内に入ってきた連中がいるのだ。「助けてくれますか?」と若者は、しゃくり上げながらささやく。傷の中にうごめく生命のために、すっかり度を失っている。これがわたしの受け持ち地区の人間の根性だ。いつも不可能を医者に要求するのだ。古い信仰は失われ、牧師は家に閉じこもって、ミサのための法衣を次々に引きむしり、台無しにしている。ところが医者となると、手術向きのほっそりした手しか持たぬのに、その手で何もかもやってのけることを要求されるのだ。どうとも勝手にしてくれ、といいたくなる。わたしが自分から何でも引き受けるなど、するはずがない。諸君が牧師の領分の仕事にまで、わたしをこき使うのだとして、わたしとしては、格別あらがう気もないというだけのことだ。それ以上のことを望んでも何になろう、女中まで横取りされてしまった、老いぼれの田舎医者が! 連中が、というのは家の者たちと村の老人たちが、そばへ寄ってくると、わたしの服をひっぺがす。教師に引率された小学生の合唱隊が家の前に整列し、すこぶる単純な節廻しの、こんな歌を歌う。

衣を引き剝《は》げよ　さらば彼は癒《いや》さん
癒さぬとならば　殺せかし彼を！
医師《くすし》にすぎず　医師にすぎず

そこでわたしは丸裸にされ、髭を指でしごきながら首をかしげ、人々を落ちついて観察する。すっかり腹が坐っていて、矢でも鉄砲でも持ってこいという平然たる気分でいたのだが、だからといって、どうなるものでもない。わたしは頭と足をつかまれて、ベッドにかつぎこまれてしまう。傷口のある側をふさぐような恰好で、わたしは寝かされる。その上で連中は、一人残らず部屋から出て行く。ドアがしまる。歌声はやむ。雲が月を隠す。ふとんが暖く身体《からだ》をくるんでいる。影のように馬の首が窓の中にゆらめいている。「わかってますか」と、耳もとで声がした、「ぼくは先生を、ほんのぽっちりしか信用してませんよ。大体先生は、どこかで落ちこぼれた人間でしかないんだ。自分の足でしっかり立ってはいない。助けてくれるどころか、このぼくの臨終の床を、窮屈にするだけなんだ。眼をほじくりだしてやったら、一番気がせいせいするよ。」「ごもっとも」とわたしはいう、「情ないていたらくでね。でもとにかく、わたしは医者なのだ。何をしてあげたらいいのかね？　正直な話、わたしにしても、安楽な気分でいるわけではないのだから。」「そんないいつくろいを聞かされて、納得しなくてはいけないんですか？　そうか、するしかないんだな。ぼくはいつも、納得するしかないんだ。すてきな傷をつけたまま、ぼくは生れてきた。その傷だけが、ぼくのこの世への持参金だったんだ。」「きみは若いから」とわたしはいう、「残念ながら、広く見渡す眼がないね。わたしはこれでも、このあたりで病人という病人は診てきたのだが、そのわたしがはっきりいって、きみの傷はそれほどたちが悪くはないのだ。鍬《くわ》を鋭角に二度打ちこんだ傷だ。森の中では、脇腹を無防備にさらけだしたまま、鍬の音を聞き逃しがちなものでね。それが近づいてもなかなか気がつくものじゃない。」「本当かな、ぼくが熱でぼうとしていると思って、いい加減なことをいってるのじゃないか？」「本当だよ、保険医が絶対まちがいないと誓っていうことだ、そのまま受け取ってくれたまえ。」若者は受け取って、おとなしくなった。するとう今度は、わたし自身の救出を考える時だった。二頭の馬はまだその場に忠実に立っていた。服と毛皮と鞄をそそくさと取りまとめ、服を身につける時間ももどかしく、馬がきた時と同様に飛ばすなら、わたしはいわば、このベッドから自分のベッドに跳びこむことになるのだと思った。一頭の馬が従順に窓から引き退《の》いた。わたしは荷物をまるめて車に投げこんだ。毛皮が飛びすぎたが、辛うじて片方の袖《そで》が止め金に引っかかった。これでよし。わたしは馬上に身を躍らせた。革紐はだらしなく引きずられ、二頭の馬はまるきりばらばらで、そのあとから車がふらつき加減についてくる。引っかかった毛皮は雪にまみれてしんがりを務めている。「それっ！」とわたしはいったが、それっとばかりには行かなかった。老いぼれ爺《じじい》どもの行進のように、われわれは雪の荒野をのろのろと過ぎて行った。背後には長いあいだ、子供たちの歌う、新しいが事実とは違っている歌がきこえていた。

　喜べ　おんみら　病める者
　医師の同衾《ともね》に恵まれて！

　これではわたしは、到底わが家にたどり着けない。はやっていた商売ももうこれまでだ。後がまに横取りされてしまうのだ。とはいえそれも空しいことで、彼がわたしに取って代るわけには行かない。わが家では例のいまいましい馬丁がたけり狂っていて、ローザを好きなように弄《もてあそ》んでいる。想像するだけでもおぞましい。丸裸のまま、この限りなく不幸な時代の寒気にさらされ、この世の馬車とこの世のものでない馬ともどもに、わたしという老いぼれは、あてもなくさすらっている。わたしの毛皮は馬車のうしろにかかっている、しかしそれに手が届かない。そこらを歩いているろくでなしの患者どもは、ただ黙って眺めているばかり。はかられた！　はかられた！　一度でも、まちがって鳴らされた夜の呼鈴について行こうものなら——そのあやまちはもう到底償いようがない。

断《だん》食《じき》芸人

ここ数十年の間に断食芸人に対する関心ははなはだしく衰退してしまった。かつては自分が勧進元になって断食芸の大興行を催せば一財産作れたものだが、そういうことは今日ではまったく不可能になった。時代が変ったのである。かつては町中が断食芸人に熱狂したものだった。断食が日一日とつづくにつれて関心が高まり、誰もがすくなくとも一日に一度は断食芸人を見たがった。興行も終りに近づくころには、予約して一日中格子《こうし》のついた小さな檻《おり》の前にすわって見物するひとびとも現れた。興行は夜の間も、効果を挙げるために松明《たいまつ》に火を点《とも》して、つづけられた。晴れた日には、檻は戸外に運び出されたが、そうなるとこんどは断食芸人に群がるのはとくに子供たちだった。大人にとって断食芸人は、しばしば、それが流行《はや》っているからというので自分も関心を示して見せる慰みにすぎなかったが、子供たちは驚嘆して、口を開け、身を護《まも》るためにたがいに手を握り合って、肋骨《ろっこつ》が波打つように浮き上って見える黒いトリコットのタイツを着た、蒼白《あおじろ》い顔の断食芸人が、椅子《いす》をすら拒否して、床にばら撒《ま》いた藁《わら》の上にすわり、たまに慇懃《いんぎん》にうなずいて、無理に微笑を浮べながら質問に答え、ときには格子の間から腕を伸ばして、自分がどれほど瘠《や》せているか手で触って験《ため》して見させたりしたあとで、ふたたび完全に自分のなかに沈潜して、誰にも、檻のなかの唯一《ゆいいつ》の家具である時計が彼にとって重大なはずの時を告げるのにすら関心をはらわず、眼を半眼に閉ざしてただじっと前方を見詰めつづけ、ごく小さなグラスから水を啜《すす》って唇を湿すのを、まじまじと眺めるのだった。

入れかわり立ちかわりする観客のほかに、公衆によって選ばれた、付ききりの見張りもいて、これは奇妙なことにたいていは肉屋だったが、三人ずつ一組になって、断食芸人がなんらかの秘密の方法で食物を摂《と》ることがないように、夜となく昼となく監視する役をつとめた。しかしこれはたんに見物人たちを納得させるために取り入れられた形式にすぎなかった。消息通は断食芸人が断食期間の間中、どんなことがあろうと、けっして、たとえ強制されるとしても、ほんの僅《わず》かな食物も摂らないことを知っていたのである。芸の名誉がそういうことを禁じたのであった。もちろん、すべての見張りがそれを理解できたわけではなかった。ときには夜の見張りのグループのなかにひどくいい加減な見張りをして、わざと離れた片隅に集って、カード遊びに興じるものもいたが、これはあきらかにかれらが断食芸人はどこかに秘《ひそ》かに食料を用意しておいたはずだと考えていて、それをちょっとつまむ機会をつくってやろうというつもりなのであった。断食芸人にとってはこういう見張りほど迷惑なものはなかった。それは彼を憂鬱《ゆううつ》にし、断食を極端に困難なものにした。こういう見張りのときには、しばしば彼は、自分がいかに不当な嫌疑をうけているかを示すために、衰弱したわが身を励まして、あたうかぎり歌を歌った。しかし、それもあまり役に立たなかった。かれらは歌いながらでも食べられるという彼の器用さに驚くだけなのであった。彼にとっては、格子のすぐわきに腰を据えて、ホールの薄暗い夜間照明では満足できずに、マネージャーから渡された懐中電燈《でんとう》で彼を照らしながら監視する見張りのほうがずっとよかった。どぎつい光も邪魔にならなかった。いったいに彼は眠ることはできなかったが、すこし微睡《まどろ》むことならいつでも、どのような照明、どのような時刻でも、超満員の騒々しいホールのなかででも、できたのである。こういう見張りたちとならば、彼は喜んで一晩中一睡もせずに過した。かれらと冗談を言い合い、自分の放浪生活のエピソードを話してやり、かれらの話に耳を傾けもした。それもみな、かれらを目覚めさせておき、檻のなかには食料などないこと、自分はかれらの誰よりも断食できることを、そのつど繰り返し誇示するためだった。しかし彼がもっとも幸福な気分に浸れるのは、やがて朝になり、見張りたちのところへ、費用は断食芸人もちで、山のような朝食が運ばれて来て、見張りたちがそれに、つらい徹夜のあとで健康な男たちが抱く食欲をあからさまに見せながら、かぶりつくときであった。この朝食のご馳走《ちそう》で見張りを籠絡《ろうらく》しているのだと言いたがるひともいないではなかったが、それはやはり言い過ぎというものだった。そしてかれらは、朝の椀飯《おうばん》振舞なしでたんに仕事だからというのでもこの徹夜の見張りを引き受けるだろうか、と訊《き》かれれば、答をはぐらかしたが、それでかれらにかけられた嫌疑が晴れるわけではなかった。

これはもちろん一般に断食というものから切り離すことのできない嫌疑の一つであった。誰にしても連日連夜、間断なく断食芸人を見張るわけにはいかなかったし、したがって誰もほんとうに間断なく申し分なく断食が行われたかどうかを、自分の眼で確かめることはできなかった。ただ断食芸人自身だけがそれを知ることができた。つまり彼だけが自分の断食の完全に満足した観客でありえたのである。しかしまた彼は別の理由からけっして満足できなかった。多くのひとびとが、窶《やつ》れきった芸人の姿を見るにしのびないために、残念に思いながらも見物を敬遠したほど彼が憔悴《しょうすい》したのは、おそらく断食のせいではなかった。そうではなくて、彼は自分自身に対する不満から憔悴したのである。他にどのような消息通も知らなかったが、彼だけは断食がいかに易しいかを知っていた。それはこの世でもっとも易しいことだった。彼はそれを他人に話しもしたが、誰も彼の言葉を信用しなかった。好意的な場合には彼は謙虚なのだと受取られたが、たいていは宣伝に憂身《うきみ》を俏《やつ》しているのだとか、インチキの遣《や》り方を知っているのだから、もちろん断食など容易《たやす》く遣ってみせられるペテン師、そればかりか、それがインチキであることをなかば進んで認めさえする鉄面皮な男と見做《みな》された。そのすべてを彼は甘受しなければならなかったし、歳月を経るうちにそれに慣れもした。しかし心の底ではこの不満が絶えず彼を苛《さいな》んでいた。そして、かつていちども、断食の期間が終ったとき——ひとびとは彼にその証明書を交付しないわけにはいかなかった——彼が自発的に檻を出たことはなかった。マネージャーは断食の最高期間を四十日と定めていて、それ以上はけっして、国際都市での興行に際しても、断食をつづけさせなかったが、それはもっともな理由があってのことだった。経験から言って、おおよそ四十日間はしだいに熱気を帯びて行く宣伝の効果で町の関心をいやがうえにも煽《あお》ることができたが、それを超えると公衆は反応を示さなくなった。観客動員数の本質的な減少が確認された。もちろんこの点でも都会と田舎では多少の差異はあったが、一般に、四十日を最高期間とするのはまず妥当なところであった。こうして四十日目になると、花で囲まれた檻の扉が開かれた。熱狂した観衆が劇場を埋め、軍楽隊の演奏が行われ、医師が二人、断食芸人の身体《からだ》に必要な測定を行うために、檻のなかへはいって行って、その結果がメガホンで場内に伝えられた。最後に、若い女性が二人、他ならぬ自分たちが籤《くじ》に当ったことを喜びながら進み出て、断食芸人を檻から連れ出し、二、三段下の、慎重に精選された病人用の食事が供せられる小さなテーブルのところへ案内しようとした。そしてこの瞬間になると、いつでも断食芸人は逆《さから》った。たしかに彼は、二人の女性が身を屈《かが》めて彼を助け起そうと差し延べた手に、すすんでその骨と皮ばかりの腕をゆだねはしたが、立ち上ろうとはしなかった。四十日経《た》ったからといって、なぜいま止《や》めねばならないのか。まだまだ無制限にいつまででももちこたえられるというのに、なぜいま、断食が絶好の状態にあるときに、いや、絶好の状態に到達するのはまだ遠い先の話だというときに、止めねばならないのか。なぜ、さらに断食をつづけて、古今を通じてもっとも偉大な断食芸人に、おそらくすでにそうなのだが、なるという名誉を奪おうとするのか、そればかりか、自分はまだ自分の断食能力に限界を感じないのだから、さらに想像を絶するまでに自分の記録を更新するという名誉まで奪おうとするのか。なぜ、自分に絶讃を惜しまないと称しているこの群衆は、その自分になおすこし思いのままにさせてくれることができないのか。彼がまだ当分、断食に耐えられるというのなら、なぜかれらもそれに耐えようとしないのか。その上、彼は疲れてもいて、藁の上にすわっているほうが居心地がよかったのに、こんどは精一杯まっすぐに立って、食事に行かねばならなかった。女性への作法としてそんな素振りはかろうじて抑えたが、食事のことなど考えただけでも嘔《は》き気がした。彼は一見優しげな、そのじつ残酷きわまりない女性たちの眼を見上げて、かぼそい頸《くび》には重過ぎる頭を振った。しかしそのとき、毎回の慣例が起った。マネージャーがとんで来て、物も言わずに――音楽のせいで話すことは不可能だった――両腕を断食芸人の頭上に、あたかも、藁の上にいるこの被造物、この憐《あわ》れむべき殉教者を見てほしい、と天に訴えるかのように差し延ばした。たしかに断食芸人は憐れむべき殉教者ではあったが、ただ、まったく別な意味でそうなのだった。それからマネージャーは断食芸人の痩せ細った胴を押えたが、その動作の慎重さを誇張して、自分がどれほど壊れやすいものを取り扱っているのかをひとびとに信じ込ませようとした。そしてその身体を――上体と両足がガクガクするように、ひそかに揺さぶりながら――死人のように真《ま》っ蒼《さお》になった女性二人に手渡した。いまや断食芸人はすっかり観念してしまった。頭は胸にがっくりと垂れていたが、それはまるで転がり落ちて来た頭がなにか不可解な理由でそこにとどまっているというふうだった。胴は空洞になっていた。両足は自己保存本能から膝《ひざ》のところでぴったりと圧《お》し合されていたが、足許《あしもと》の地面がほんとうの地面ではないかのように、ほんとうの地面をまず探りあてようとしているかのように、むなしく足掻《あが》くばかりだった。身体の重さ全体は、むろんごく軽いものだったが、女性の一人にかかった。彼女は助けを求めて喘《あえ》ぎながら――この名誉ある役目がこのようなものとは夢にも思わなかった――せめて顔が断食芸人に触れるのは避けようと、はじめのうち顔をできるだけ反らしていたが、それもうまく行かず、運のいい連れの女性のほうは、彼女を助けるどころか、小さな骨の束のような断食芸人の手をおそるおそる捧《ささ》げもっているだけなので、場内一同おなかを抱えての大爆笑のうちに、わっと泣き出してしまい、じつはとうからこれに備えて配置されていた雇人に役目を代ってもらわねばならなかった。それから食事が運ばれて来て、マネージャーがそれをすこし、断食芸人の状態から観客の注意を逸《そ》らせるために面白おかしく喋《しゃべ》り立てながら、なかば失神したように夢うつつな断食芸人の口に流し込んだ。つづいてマネージャーが、断食芸人から耳打ちされたふりをよそおいながら、観客に向って乾盃《かんぱい》の辞を叫んだ。その間、オーケストラは華々しく華奏《トゥーシュ》をつづけて気分を盛り上げた。やがて観客は散って行った。そしてこの興行に不満を抱く権利は誰にもなかった。誰にも。断食芸人を除いては。いつでも彼だけは別だった。

こうして彼は規則的に短期間の休養をとりながら、長い年月を、みせかけの栄光のうちに、世間から尊敬されて過していたが、それにもかかわらずたいていは憂鬱で、この憂鬱は、誰にもまじめに受けとってもらえないことによって、いっそう募って行った。実際、どのようにして彼を慰めればよかったのであろうか？　これ以上に彼が望むものなどありえたろうか？　そしてときに善意のひとが現れて、彼を気の毒がり、彼に向って、その悲哀はたぶん断食に起因するのだと説明しようとしたりすると、とりわけ断食の日数もだいぶ経っているときには、断食芸人が激怒の発作をもってそれに応《こた》え、獣のように檻の格子を揺さぶって、みなを愕然《がくぜん》とさせることがあった。しかしマネージャーはこういう場合のための処罰法をもっていて、それを好んで適用した。彼は集った観客の前で断食芸人の振舞を陳謝し、こういう振舞は満腹している人間には容易に理解し難い、断食に起因する怒りっぽさに理由があるのでもなければとうてい赦《ゆる》せるものではないと認めたが、また、それと関連して、自分は現に行なっているよりもはるかに長く断食できる、という断食芸人の同様に理解し難い主張に言及して、この主張のなかにもあきらかに含まれている極度の努力、よき意志、偉大な自己否定を褒めそやし、しかしそのあとでは、その場で販売されている数葉の写真を見せることによって断食芸人の主張をあっさりと否定してしまった。実際、それらの写真に見られる断食第四十日目の断食芸人は、ベッドに臥《ふせ》って、衰弱のあまりいまにも消えて無くなりそうだったのである。毎度のことながら、しかしそのつどあらたに気力を殺《そ》がれるこの真実の歪曲《わいきょく》は、断食芸人にとって我慢ならなかった。断食をあまりに早く止めてしまうことから起る結果が、ここでは原因とされている！　この無理解と、この無理解の世間と戦うことは不可能だった。それでも彼はこんどこそはと思いながら、格子を摑《つか》んで熱心にマネージャーの言葉に耳を傾けたが、写真が現れるとたんに格子を離れて、溜息《ためいき》をつきながら藁の上に仰向けに倒れ込んでしまい、観客は安心して檻に近づいて、彼を見物できるのであった。

このような光景を目撃したひとが、数年後にこのときのことを思い出してみると、しばしば自分自身が不可解になった。というのは、そうこうするうちに最初に言ったあの変動が起ったからである。それはほとんど唐突に起った。これにはなにか深い理由があったのであろうが、そんな理由を見つけ出すことなど誰が気にかけたろう。とにかくある日、それまですっかりあまやかされていた断食芸人は、娯楽を求める大衆が自分の許を離れて、他の見世物に流れて行くのに気づいた。マネージャーは彼と連れ立っていまいちど、まだどこかにむかしの人気が残っていないかと、ヨーロッパの半分を駆け巡った。すべてが徒労に終った。ひそかに申し合せでもしたかのように、いたるところで見世物としての断食に対する嫌悪《けんお》が大勢を占めていた。もちろん実際にはこういう事態が突然生じたはずはなく、いまになって思い返してみれば、そのときには沸騰《ふっとう》する人気に浮かれて充分に注意も防止もせずにおいた前兆が数多くあった。しかしいまさらなんらかの対抗手段を採ろうとしても遅過ぎた。たしかにいつの日かふたたび断食芸隆盛の時代が来ることはあきらかだったが、それはいま生きている人間にとってはなんの慰めにもならなかった。かつてつめかけた数千の観客から歓呼を浴びた芸人が、うらぶれた縁日の見世物小屋に出るわけにはいかなかった。だからといって職業を更《か》えるには、断食芸人は年をとり過ぎているばかりではなく、なによりも、あまりに狂信的に断食を信奉していたのだった。こうして彼は比類ない生涯の友であったマネージャーと別れて、ある大きなサーカスと契約をむすんだ。自分の気持を労《いた》わって、契約の条件を見ようともしなかった。

無数の人間、動物、大道具小道具を絶えず調整し補充している大サーカスは、いつでも誰でも、断食芸人をすら、もちろんそれ相応の慎ましい要求を条件にしてのことであったが、雇うことができた。そしてこの特殊なケースにおいては、契約されたのは断食芸人そのものばかりではなく、むかしから有名な彼の名でもあった。老齢にもかかわらずいささかの衰えもみせない彼の芸の特色を考えれば、老いぼれて腕の鈍った芸人がサーカスのささやかな地位に逃げ場を求めようとしているのだ、とは誰も言えなかった。逆に断食芸人は、これは充分に信用できることであったが、自分は以前と同じように断食できると保証した。それればかりか彼は、もし自分の意志に任せてもらえるならば、と前提してこれはただちに受け入れられたが、こんどこそはじめてほんとうに自分の芸の真髄によって全世界を驚倒させてみせると主張した。これはもちろん、断食芸人が熱中のあまりたちまち忘れてしまった時代の気分というものがある以上、専門家たちのあいだに微笑を誘っただけの主張にすぎなかった。

しかし結局は断食芸人にしても現実の状況に盲目だったわけではなくて、自分の入っている檻が最大の呼び物として場内中央に置かれるのではなく、場外の、たしかに近づき易《やす》い場所ではあったが、動物たちの檻の近くに据えられたのを、自明のこととして甘受した。大きな、けばけばしい文字を書き連ねた枠組が檻を囲んで、そのなかにある見物《みもの》を宣伝していた。観衆がショウの合間に動物たちを見物しようと檻のほうへ押しかけるときには、断食芸人の前を通りかかってそこにすこし立ち止るのはいわば避けられないことだったが、その狭い通路のうしろに犇《ひしめ》いているひとびとが、目当の動物たちの檻へ行く途中でなぜみんなが立ち止っているのかわからずに、落ち着いてじっくり見物するのを不可能にしなかったならば、かれらはきっと、もっと長い間、彼のところにとどまったろう。そのために、断食芸人は観客が押しかけて来るこの時間を人生の目的として当然歓迎したが、同時にまたこれに戦慄《せんりつ》もしたのだった。はじめのうち彼はショウの合間を待ちきれなかった。群衆が殺到して来るのを彼は恍惚《こうこつ》として迎え見た。しかしそれも束の間《つかま》のことで——どれほどかたくなな、ほとんど意識的な自己欺瞞《ぎまん》も、度重なるこの経験には対抗できなかった——やがて彼は、この群衆の大部分はいつでも、例外なく、もともとは動物たちの檻を見物しに押しかけて来るのだと納得しないわけにいかなくなった。そして、そう納得して後も、いちばんいいのは群衆がまだ遠くのほうに見えるときだった。というのは、群衆が近づいて来ると、たちまち彼は、絶えず新たにかたちづくられる二つのグループ——断食芸人にとってはまもなく第一のグループのほうが遣り切れないものになったが——芸の値打を理解してというのではなく、たんに強情に我を張って、ゆっくりと断食芸人を見物しようとする第一のグループと、なによりもまず動物たちの檻へ急ごうとする第二のグループとの喚《わめ》き罵《ののし》る声に包まれてしまったからである。群衆が通り過ぎると、遅れて来たひとびとがそれにつづいた。かれらはもう好きなだけ立ち止っていても誰に文句を言われるわけではなかったが、もちろん、まだショウに間に合ううちに動物たちを見物しようと、大股《おおまた》に、傍目もくれずに、急いで通り過ぎて行くばかりだった。しかしごく稀《まれ》には、子供連れの父親がやって来て、断食芸人を指差しながら、ここではどんな芸が行われているのか詳しく説明してやり、お父さんはむかしこれに似た、しかしこれとは比較にならないほど大がかりな興行をなんども見たことがあると話して聞かせる、幸運な場合もあった。すると子供たちは、学校でも家庭でもあまり教わらないことなので、よく理解できない様子ではあったが――子供たちから見れば断食にいったいなんの意味があろう――かれらの探るような眼の輝きのなかには、やがて来る断食芸復興の時代を予見させるなにかがあった。もしわたしの場所が動物たちの檻にこれほど近くなかったら、と、そのようなとき、断食芸人はよく考えるのであった、万事がすこしはましだったろうに。動物たちの檻から発散する臭気、夜の動物たちの騒しさ、猛獣のために運ばれて行く生肉、給餌《きゅうじ》の際の咆哮《ほうこう》が、彼をはなはだしく傷つけ、絶えず意気消沈させたことは言わないとしても、彼の場所が動物たちの檻のすぐ近くにあったために、観衆はあまりにも安易に動物たちのほうへ行ってしまったのだ。しかし彼は団長に抗議するようなことはしなかった。彼のところにも大勢の観客が来たのはともかくも動物たちのおかげであったし、ときおりはそのなかに彼の芸を評価できる客がいるかもしれなかった。それに、もし彼が団長に自分の存在を思い出させようとし、そのことによってまた彼が、正確に言えば、動物たちの檻へ行く途中の邪魔にすぎないことをも思い出させるとすれば、こんどはどの片隅に押し込まれることになるか、わかったものではなかった。

邪魔といってももちろん取るに足らないほどのもので、しかもしだいに苦にならなくなって行く程度のものにすぎなかった。観衆はいまどき断食芸人を見世物にするという奇抜さにも慣れてしまった。そしてこの慣れとともに最後の判決が彼に下された。彼は可能なかぎり断食をつづけてよいことになった。彼はそれを実行したが、もはや彼を救いうるものはなにもなくなった。そしてひとびとは彼の前を通り過ぎて行った。誰かに断食芸というものの説明を試みて見たまえ！　この芸に対する生来の感覚をもっていないひとに、この芸を理解させることはできないのだ。美しい宣伝文句は汚れて読めなくなり、やがて引き剝《はが》されてしまった。誰一人それをとりかえようとは思い付かなかった。経過した断食の日数を示す小さな表示板は、はじめのうちこそ怠らずに新しいのととりかえられたが、最初の数週間が過ぎると従業員がこのつまらない仕事に倦《あ》きてしまったために、しばらく前からは毎日同じものが懸っていた。こうして断食芸人は、かつて彼が夢想したように、断食をつづけ、かつて彼が予言したように、易々とそれに成功した。しかし日数を数えるものは誰もいなかった。誰一人、断食芸人自身すら、彼の記録がすでにどれほど偉大なものになっているのかを知らなかった。

そして彼の胸は悲哀に閉ざされた。そのころのあるとき、一人ののらくら者が立ち止り、ずっと前の数字を嘲笑《あざわら》って、ペテンだと言ったことがあったが、それはそれなりに、無関心と生来の悪意とが作り出すことのできた、もっとも愚かな嘘《うそ》というものだった。なぜなら欺《あざむ》いたのは断食芸人ではなかったのだから。彼は正直に働いた。けれども世間が彼を欺いて、彼の報酬を奪ってしまったのだった。

こうしてまた多くの日数が過ぎて行ったが、やがてそれも終ることになった。あるとき、監督の一人がこの檻に眼をとめて、どうしてこの立派に利用できる檻を腐った藁など撒き散らしたままここに放っておくのか、と従業員たちに訊ねた。誰も知らなかった。が、やがて一人が日数表示板をきっかけに断食芸人のことを思い出した。数人が棒で藁を掻きまわすと、なかに断食芸人がいた。「まだ断食をつづけているのか」と監督が訊《たず》ねた、「いったいいつになったら止めるつもりなのだ?」「みなの衆、許して下され」と断食芸人が囁《ささや》いた。ただ監督だけが、檻の格子に耳を圧しつけていたので、彼の言うことがわかった。「いいとも」と監督が言って、従業員たちに断食芸人が狂っていると仄《ほの》めかすために、額に指を当てた、「許してやるぜ。」「わたしはいつでもあんた方がわたしの断食に感心することを望んでいた」と断食芸人が言った。

「おれたちは感心していたとも」と監督はあやすように言った。「ところがあんた方は感心してはいけなかったのだ」と断食芸人が言った。「そうか、それなら感心するのは止《よ》しにしよう」と監督が言った、「だが、おれたちが感心しちゃいけないってのは、どういうわけだ？」「それは、わたしは断食するほかないからなのだ、他にどう仕様もないからなのだ」と断食芸人が言った。「こりゃ魂消《たまげ》たね」と監督が言った、「だが、他にどう仕様もないというのは、なぜだい？」「わたしは」と断食芸人は小さな頭をすこし持ち上げ、接吻《せっぷん》するように唇の先を尖《とが》らせて、一言も聞き洩《も》らされないようにと、監督の耳のなかに囁いた、「わたしはうまいと思う食物を見つけることができなかったからだ。もし好きな食物を見つけていたら、きっと世間を騒がせたりしないで、あんたや他のみなの衆と同じように、たらふく食って暮したにちがいないのだ。」それが最後の言葉だった。しかし光の消えた彼の眼のなかにはまだ、さらに断食をつづけるのだ、という、もはや誇らしげなというのではないが、断固とした確信が浮んでいた。

「さあ、かたづけてくれ」と監督が言って、断食芸人は藁といっしょに埋められた。そして檻には若い豹《ひょう》が入れられた。長い間、見るも無慚《むざん》に捨てておかれた檻のなかで、いまこの野獣が身を翻《ひるがえ》すさまを見るのは、どれほど鈍感な人間にとっても心が晴れ晴れとすることだった。この豹には間然するところがなかった。世話係はさっそくこの獣が好きな餌《えさ》を運んで来た。豹は自由をすら恋しがっているようには見えなかった。必要なすべてをはち切れんばかりに具えて引き緊《しま》っているこの高貴な肉体は、自由をすら具えているらしかった。自由は歯列のどこかに潜んでいるらしかった。生きる歓《よろこ》びはその喉元《のどもと》から、観衆にとって耐え難いまでに、強烈な火を吐いた。けれども観衆はそれに耐え、檻の周囲に犇いて、いつまでも動こうとしなかった。

父の気がかり

一説によると、オドラデクという言葉はスラヴ語系であり、その出自を根拠として語の成立が説明される。しかし他の説では、これはドイツ語から派生しており、スラヴ語からは影響を受けただけだ、ということになっている。どちらの解釈も何やら頼りなげなのは、両方とも違っている証拠と考えてよさそうで、何より、どちらの解釈に即して見ても、この言葉の意味は分明にならないのである。

もちろん、こんな詮索《せんさく》に首を突込む人間が出てくるのは、現実に、オドラデクなるものが存在していればこそである。それは一見したところ、扁平《へんぺい》な星形の糸巻のように見え、また事実、糸が巻きつけてあるようでもある。それにしてもどうやら、古い切れはしをつなぎ合わせ、それがまたこんぐらかった、種類も色もおよそてんでんばらばらの糸であるらしい。ところでこれは、ただの糸巻ではなく、星の中心から小さな棒が突きだし、この棒にはもう一本の棒が、直角に取りつけてある。一方ではこの直角の棒を支えとし、他方では星の稜《りょう》の一つに支えられて、全体は二本の脚で立つことができる。

この代物《しろもの》は、もとはとにかく何かの道具の体をなしていたので、それが今ではこわれてしまっただけのことだ。そう思いたくなっても無理はないだろう。しかしそういうことではないようだ。少くとも、それと眼に見える証拠はない。どこにも、その種の変化を示唆《しさ》する、ものの取れたあとや破損箇所は見当らない。全体の形状はいかにも無意味だが、それなりに完結している。それにしても、この点についてより立ち入ったことがいえないのは、オドラデクの動きがおそろしく活潑《かっぱつ》で、手に取って見るわけには行かないからである。

このオドラデクは、屋根裏にいたかと思えば階段に、廊下にいたかと思えば玄関にといった具合に、順ぐりに居場所を変える。何カ月も所在不明のこともある。その時には多分よその家に引越しているのである。それでもやがて、見えない糸にたぐり寄せられるように、またこのわが家に戻ってくる。ドアから歩み出た時、たまたま彼が下の階段の手すりにもたれかかっていたりすると、一言声をかけてやりたくなる。むろんむつかしいことをたずねたりはしないで、――あまりちびだからついそうしたくもなるのだが――子供なみにあしらうことになる。「名前は何ていう?」とこちらがきく。「オドラデク」と彼がいう。「うちはどこ?」「きまってない」と彼はいって、笑う。しかしそれは、肺がなくても洩《も》らすことができるような笑いでしかない。たとえば落葉がかさこそと鳴るのを、ふと耳にしたような気がする。この笑いがひびくと、会話はたいてい終りである。ついでにいえば、今の程度の返答すら、いつも貰《もら》えるとは限らない。木のようにじっと押し黙っていることがよくあるが、そもそも、木でできているのかもしれない。

思っても詮《せん》ないことながら、彼の身の行末について、思案せずにはいられない。一体、死ぬことができるのだろうか? 死ぬものはみな、死ぬまでに何らかの目的のために何らかの行動に出ており、その結果、身も心も粉々になるまでに擦り砕いてしまう。オドラデクには、こうしたことはまるでそぐわない。とすると彼は、いずれはわたしの子供たちや孫たちの足先で、糸を引きずりながら階段を転げ落ちたりすることになるのか? 彼が誰の迷惑にもならぬことははっきりしている。それにもかかわらず、彼がわたしより長生きするかもしれぬと想像すると、ほとんど悲しみに似た心地にひたされる。

天井桟敷《さじき》にて

今にもくずおれそうな肺病やみの曲馬団の少女が、足どりのおぼつかない馬に乗り、疲れを知らぬ観客の前で、仮借なく鞭《むち》を振う団長に、何カ月もぶっ通しでぐるぐると駆けずり廻ることを要求され、馬上で回転し、キスを投げ、腰を振り、そしてこの演技が休みなしに吼《ほ》えたけるオーケストラと換気扇の轟音《ごうおん》のもとで、消えるかと思えばまた高まる蒸気ハンマーさながらの拍手を浴びながら、続けば続くほど、いよいよ大きく開かれる灰色の未来へ吸いこまれて行く——こういうことが起きるならば、ひょっとすると、天井桟敷で見ていた一人の若者が、長い階段をかけおり、大衆席から特等席まで突っ切って、演技場に転げだし、伴奏を続けているオーケストラのファンファーレを貫いて、やめろ！　と大声で叫ぶかもしれない。

だがそんなことは起きないのだ。白と赤の衣裳《いしょう》を身につけた美人が、胸を張ったお仕着せの男たちが引きあける幕のあいだからひらりと躍り出、団長は献身的な面ざしで彼女を振り仰ぎ、動物めいたそぶりで顔をすり寄せ、まるで彼女が危険な旅に出かける最愛の孫娘でもあるかのように、こわれものをさわる手つきで葦毛《あしげ》の馬に乗せ、鞭の合図をなかなか下しかね、ようやく腹をきめて鞭を打ち鳴らすと、口をあけたまま馬に並んで走り、騎手の跳躍を一心に見守り、彼女がこれほど芸達者とはほとほと理解に余る様子で、何やら英語を口走っては注意を与え、輪をかかげている馬丁に、念を入れすぎることはないのだぞといきり立ってどなりつけ、いよいよ見せ場の宙返りとなれば、手を高く上げてオーケストラに、音楽をとめてくれと要請し、ついに演技が終ると、身をふるわしている馬から少女を抱き下し、両頬にキスし、観客がどれほど喝采《かっさい》してもまだ足りないという顔を見せ、少女はといえば、団長に支えられ、思い切り爪先《つまさき》立ちして、埃《ほこり》の舞い立つ中で両手をひろげ、小さな頭をそり返らせながら、自分の幸福をこの場に居合わせた人々全部と分ち合おうとしている——ありようはこうなので、天井桟敷の若者は、顔を手すりに伏せ、辛《つら》く切ない夢に沈みこむようにおひらきの行進曲にひたりながら、われとも知らず涙にくれる。

最初の悩み

空中ブランコの芸人——演芸場《ヴァリエテ》の円天井の高いところで行われるこの曲芸は、人間に可能なあらゆる曲芸のなかでもっとも困難なものとして知られているが——は、はじめは芸を完璧《かんぺき》にしたい野心から、しかしのちには抗《あらが》い難いまでになった習慣のせいもあって、同じ曲芸団で働くかぎりは夜も昼も空中で、ブランコの上で、暮していいという諒解《りょうかい》をとりつけた。彼が必要とするものはなんでも、といってもこれはごく僅《わず》かだったが、下働きの男たちが交代で供給してくれた、かれらは下で見張っていて、上で必要になったものを、特別に作らせた容器にいれて上げおろししてくれたのである。こんなふうに生活していても、周囲のひとびとにとりたてて迷惑がかかるわけではなかった、ただ他の曲芸が行われているときだけは、彼が隠しようもなく上にとどまっているのは、そして、そのようなとき彼はだいたいにおいて静かにしているにもかかわらず、そこかしこで観衆の視線がつい彼のほうへさ迷って行くのは、やはりいささか困ったことだった。しかし幹部たちはそれも大目に見ていた、というのは、彼は並外れたかけがえのない芸人だったからである。それに彼が図に乗ってこういう暮し方をしているのではないこと、そして、じつはそんなふうにするのでもなければ、絶えず訓練をつづけて芸を完璧に保つわけにいかないことが、もちろんよくわかっていたのである。

その上、その高い場所は健康にも良かった、そしてあたたかい季節に円天井のまわり一帯に取り付けてある横窓が開け放されて、新鮮な空気とともに陽光が灰暗《ほのぐら》い内部へ一気に射《さ》し込んで来るときには、そこはすばらしいとさえ言ってよかった。当然ひととの付合はごく限られていて、ときどき仲間の曲芸師が縄梯子《なわばしご》をつたわって彼のところへ上って来るくらいのものだった、そういうときには二人はブランコに腰をおろし左右の綱によりかかってお喋《しゃべ》りをした、もしくは鳶職《とびしょく》が屋根を修繕しながら、開いている窓越しに二言三言彼と言葉をかわした、あるいはまた消防夫が天井桟敷《さじき》の非常用の照明を検査しに来て、彼に向ってなにか敬意を籠《こ》めた、しかしよく聞き取れないことを叫ぶこともあった。それ以外には、彼のまわりはいつでも静かだった。たまに、たとえば午後、誰もいない舞台に迷い込んだ従業員が、物思いに耽《ふけ》りながら、ほとんど目路のかなたの高みを見上げると、そこでは空中曲芸師が、誰かが自分を観察しているとも知らずに、芸に磨きをかけるか休息するかしているのだった。

だから空中曲芸師は、彼にとって極端に厭《いと》わしくしかも避けるわけにいかない町から町への旅さえなかったら、平穏無事に過すことができたろう。たしかにマネージャーは空中曲芸師の苦痛がけっして必要以上に長びくことがないように配慮した。つまり都会へ乗り込むのにレース用の自動車を使って、できれば夜、もしくは朝のもっとも早い時間に、人気のない舗装道路を最高速度で疾駆したのだが、それでももちろん空中曲芸師の理想から言えば焦《じ》れったいほどのろのろしているのだった。鉄道で行くときには車室を一つ借り切り、そのなかで空中曲芸師は、惨《みじ》めながらともかくも彼のいつもの生活様式にかわるものとして、網棚の上で旅の間中を過した。つぎに客演する演芸場では、空中曲芸師が到着するはるか以前に、ブランコが然《しか》るべき場所につるされ、場内に通じるドアはすべてひろく開け放されて、どの廊下もけっして妨げになるものがないように準備された――それだけにマネージャーは、空中曲芸師がとうとう縄梯子に足をかけ、そして一瞬のうちに、ついにまた上のブランコに乗っているのを見るとき、彼の生涯のもっとも美しい瞬間を味わうのだった。

マネージャーはこれまでにかずかずの旅廻りを手際《てぎわ》よく切り抜けて来たが、それでも新しい旅廻りはそのつど苦痛だった、というのは旅は、他のことは言わないとしても、いつでも空中曲芸師の神経に破壊的な作用を及ぼしたからである。

こうしてあるときかれらはまた連れ立って旅に出た。空中曲芸師は網棚に横になって夢を見ていた。そしてマネージャーはそれと斜に向い合う窓際の隅に凭《もた》れて本を読んでいた。すると空中曲芸師がそっと彼に話しかけた。マネージャーはすぐにそれに応じた。空中曲芸師は唇を嚙《か》みながらこう言った、今後のぼくの芸には、これまで一つだったブランコのかわりに、二つのブランコが、向い合った二つのブランコが絶対必要なんだ。マネージャーはすぐにそれを承知した。すると空中曲芸師は、この場合、マネージャーが賛成しようが反対しようが無意味だと言わんばかりに、これからはもうどんなことがあってもぼくは一つだけのブランコでは芸を見せないからね、と言った。ひょっとしてブランコが一つだけということが起らないとも限らないと想像するだけで、彼はぞっとするらしかった。マネージャーはその動機を推し測ろうと躊躇《ためら》いながらも、もういちどそれには心から賛成だと強調した、ブランコは一つより二つのほうがいいにきまっているさ、それにこの新趣向には好都合なところがあるからね、つまり出し物にずっと変化をつけられるわけだ。すると突然、空中曲芸師が泣き出した。マネージャーはすっかり慌《あわ》てて立ち上り、いったいどうしたのだ、と尋ねたが、答がなかったので、座席の上にあがって、空中曲芸師を撫《な》でたり擦《さす》ったりしてやり、その顔を自分の顔に押し付けたので、空中曲芸師の涙で彼の顔までぐしょぐしょになってしまった。さまざまに宥《なだ》め賺《すか》されてやっと空中曲芸師は啜《すす》り泣きながら言った、「両手にこんな棲《とま》り木が一本だけなんて——それでどうしてぼくが生きて行けるだろう！」それを聞くと、マネージャーは空中曲芸師を慰めるのがずっと易しくなった。彼は、ただちにつぎの駅でこんどの客演先へ宛《あ》てて第二のブランコを用意せよと電報をうつ、と約束し、空中曲芸師をこんなに長い間ブランコ一つで演技させていたことで自分を責め、やっとこの過《あやま》ちに気づかせてくれて有難いと、口を極めて相手に感謝と賞讃の言葉を浴びせた。こうしてマネージャーはしだいに空中曲芸師を落ち着かせて、ふたたび自分の席に戻ることができた。しかし彼自身は落ち着かなかった。重い心配に胸を塞《ふさ》がれて、彼は秘《ひそ》かに本越しに空中曲芸師を観察した。こういう考えがいったん空中曲芸師を悩まし始めたとすれば、それがいつか完全に熄《や》むことがあるだろうか？　こういう考えはしだいに増殖するばかりではないだろうか？　ついには生命を脅《おびや》かすまでになるのではなかろうか？　そしてマネージャーは、いま涙の果にどうやら静かに眠っている空中曲芸師のあどけなさの残ってすべすべした額に最初の皺《しわ》が刻まれ始めて行くのが、実際に目に見えるような気がした。

万里の長城

万里の長城は、その最北部においてようやく完成した。工事は、南東部と南西部から同時にはじめられ、最北部でひとつにつながったのである。この分割工事の方式は、東部隊および西部隊という二大集団のあいだだけでなく、それぞれの内部においても小さく区切って実施された。すなわち、個々の作業班は、約二十名の労働者によって編成され、各班は、約五〇〇メートルの部分壁をきずいていき、その隣接班は、反対側からおなじく五〇〇メートルの築城をすすめていくという具合であった。しかし、両班の連結が成就《じょうじゅ》しても、こうしてできあがった一〇〇〇メートルの城壁の端からまたつぎの工事がはじめられるのではなく、それぞれの作業班は、またべつの土地に派遣されて、あらたな築城工事に従事するのであった。当然のことながら、こうしたやりかたでは、あちこちに未着工のままの欠落部分が生じるわけで、あとからそういう穴をだんだんに埋めていかなくてはならなかった。なかには、築城工事が完成したという布告が出てからやっと着工された部分すらいくつかあった。それどころか、歯抜け状態のままいまだに埋められていない部分も残っているということだ。もちろん、この噂《うわさ》も、たぶん長城建設にまつわるおびただしい伝説のひとつにすぎないとおもわれる。こうした伝説の真偽のほどは、なにしろあまりにも広大な範囲にわたる工事であったから、すくなくとも個々の人間にとっては、自分の眼と尺度で確めてみるというわけにはいかないのである。

ところで、ここでまず思いあたることは、工事を分割してばらばらにやらないで、一貫して連続的にすすめたほうが、すくなくとも東部隊と西部隊とのそれぞれの内部ではそういう方式でやったほうがあらゆる意味で有利ではなかっただろうかということである。ひろく一般にも知られているとおり、この長城は、北方蛮族にたいする防塁として計画されたものであった。しかし、ばらばらにつくられた城壁では、どうして防塁になるだろうか。そういう城壁は、防衛の力にならないばかりか、工事そのものも、たえざる危険にさらされることになる。荒涼たる辺境の地のあちこちに孤立している部分壁は、くりかえし遊牧民たちの好餌《こうじ》になって破壊されかねない。ことに、そのころ長城建設に不安をおぼえた遊牧民たちは、ましらのごとき素早さでその居所を変え、工事の進捗《しんちょく》状況については、ことによると施工者であるわれわれよりも熟知精通していたかもしれないからだ。にもかかわらず、この工事は、現におこなわれたような方法ですすめるしかなかったのである。このことを理解するためには、以下のことを承知しておかねばならない。すなわち、長城は、幾星霜にも耐えうる堅固不抜の防塁に仕上げなくてはならなかった。そのためには、周到このうえない用意をもって工事にあたり、知られているかぎりのあらゆる時代と民族の築城知識を利用し、しかも建設に従事する人びとの個人的責任感を持続させることが、必須《ひっす》の前提条件であった。下等な力仕事のために雇うのなら、市井《しせい》の無知な日雇い労務者で十分で、労賃にひかれて集まってくる者なら、男でも女でも子供でもかまわなかった。しかし、四人の日雇い労務者を指揮するためだけでも、分別のある、土木の専門的知識を身につけた人物がひとり必要であった。これがどれほど重要な仕事であるかを心底から共感することのできる人物が必要であった。仕事の内容が高級になればなるほど、要求される責任も大きかった。事実、そういう人材は、工事が必要とする人数には足りなかったにせよ、すでに多数用意されていたのであった。

いいかげんな思惑で工事に着手したのではなかった。工事が開始される五十年もまえからすでに、長城にかこまれる中国の全土において土木建築学、とりわけ築城術こそ最重要の学問であるという公式の声明が布告され、それ以外の学問は、これらと関係があるかぎりにおいてのみ認められた。いまでもよくおぼえているが、わたしたちが子供のころ、やっと歩けるようになるやいなや、先生の家の庭に集められ、城壁づくりの真似《まね》ごとをやらされた。できあがると、先生は、服の裾《すそ》をからげて、城壁めけて突進していき、もちろんなにもかも突きくずしてしまったうえ、なんという下手くそな工事だと言ってさんざん叱《しか》りとばすので、わたしたちは、おいおい泣きながら、ちりぢりに家へ逃げて帰ったものだった。とるにも足りないことかもしれないが、この時代の精神をよくあらわした出来ごとであった。

わたしは、運がついていた。ちょうど二十歳でいちばん下級学校の最終試験を終えたとき、長城の工事が開始されたのである。これを幸運だと言うのは、自分が受けられる教育の最高段階をそれ以前に修了した多くの先輩たちは、何年ものあいだせっかくの学識を宝のもちぐされにし、頭には壮大な築城プランをえがきながら無益に各地を流浪（るろう）し、あげくのはてにはつぎつぎに身をもちくずしていったからである。しかし、たとえいちばん下級の監督であっても、ついに指揮をとる人間として工事に参加した人たちは、ほんとうにその任務にふさわしい技能をもっていた。彼らは、長城建設についていろいろ思慮をめぐらしてきたし、いまなおめぐらしつづけている築城技術者たちであり、最初の石を地中に埋めるやいなや、わが身が城壁そのものと一体になったと感じるような人たちであった。しかし、こういう人たちを駆りたてていたのは、当然のことながら、どこにも手ぬかりのないりっぱな仕事をしたいという熱望と同時に、築城の完成を早くわが眼で見たいという焦慮ないし期待でもあった。日雇いの人たちは、こういう焦燥感と無縁である。彼らを動かしているのは、労賃だけである。また、上級の指揮者たちも、それどころか、中級の指揮者でさえも、各方面でおこなわれている工事の進捗状況を十分把握しているから、それによって精神をくじけさせないようにすることができる。ところが、もっと下級の、外面的にはささやかな部署についているけれども、精神的には高邁《こうまい》な情熱にもえている人たちにたいしては、あらかじめ特別な配慮が必要であった。たとえば、彼らの故郷から遠く離れた、人里もないような山岳地方で何カ月も何年間も石積みの仕事ばかりをさせておくことはできなかった。孜々《しし》として働きながら、長い人間の生涯をかけてもいつ目標に到達できるともわからぬこうした仕事の希望や見込みのない空《むな》しさは、彼らを絶望におとしいれ、仕事に役だたない人間にしてしまうかもしれなかった。分割工事の方式が選ばれたのは、こうした理由からであった。五〇〇メートルの工事を仕上げるのには、ほぼ五年かかった。仕上がったときには、もちろん、その指揮者たちは、もう精根もつきはてているのが通例で、自分にたいしても、工事や世界にたいしてもいっさいの信頼をうしなってしまっているものである。それゆえ、一〇〇〇メートルの城壁がめでたくつながった祝賀式の高揚した感情がまだ残っているあいだに、遠く離れた場所へ配置替えになるのであった。新しい任地への途中のあちこちでは、すでにできあがった部分壁がそびえているのが見えただろうし、上級の指揮者たちの宿舎のそばを通りかかると、栄誉の勲章をさずけられた。また、奥地からぞくぞくと集結してくる新手の工事部隊の高らかな歓呼の声を耳にすることもあれば、築城の足場につかう材木を森から伐《き》りだしたり、採石のために山をくずしたりしている情景を眼《ま》のあたりにすることもあり、道中の聖地では信仰あつい人たちが工事の完成を祈願している合誦《がっしょう》の声が聞こえてくることもあった。これらすべてのことは、彼らの焦燥感をしずめてくれた。しばらく骨休めをした故郷でのしずかな生活は、彼らの心身をふたたび強壮にしてくれた。築城に従事するすべての人びとにあたえられる声望、彼らの報告に信じきって耳をかたむける謙虚な態度、素朴で寡黙《かもく》な村人たちが長城完成に寄せるふかい信頼感、これらは、どれもみな彼らの胸の琴線をつよく張りつめさせた。やがてふたたび故郷に別れをつげた彼らは、永遠の希望に胸をふくらませる子供のように潑剌《はつらつ》としていた。ふたたび国民的大事業に参加するのだというよろこびが、勃々《ぼつぼつ》とこみあげてきた。彼らは、必要以上に早く家郷を出立した。村じゅうの半分の人たちが、長い道のりを見送ってくれた。すべての道々に人びとが隊伍《たいご》をくみ、旗やのぼりを打ちふった。自分たちの国土がこんなにも偉大で、ゆたかで、美しく、すばらしいものであるのをこのときはじめて見たのである。この国に住む者は、だれもみな兄弟なのだ。その兄弟のために防壁をきずくのだ。兄弟たちは、そのために全生涯のあいだみずからのすべてをあげて感謝をしてくれるだろう。一致団結！　一億一心！　胸と胸をあわせて踊る民族の一大輪舞。赤い血潮は、もはや小さな五体の血管のなかにとじこめられていず、広大無辺な中国の全土を嬉々《きき》として駈《か》けめぐり、また回帰してくるのだ。

以上によって、分割工事の方式は、理解できたであろう。しかし、どうやらそのほかにもまだべつな理由がいろいろとあったのである。それに、わたしがこの問題をこんなにながながと論じているのは、けっしてへそまがりを気どっているのではない。これは、はじめはつまらぬことのようにおもえるかもしれないが、長城建設の核心をなす根本問題なのである。あの時代の思想や体験を後世に伝達し、理解してもらおうとおもったら、この問題をいくらふかく掘りさげても十分ではあるまい。

最初にまず言っておかなくてはならないのは、当時成就されたこの大事業はバベルの塔の建設にも匹敵するほどのものではあるけれども、天の思召《おぼしめ》しにかなっているかどうかという点はべつにしても、すくなくとも人間的な尺度からしてもバベルの塔とは正反対のものであったということだ。わたしがこういうことを言いだすのは、長城の工事がはじまってまもないころ、ある学者が一書を著わして、長城とバベルの塔との比較を綿密におこなったからである。彼は、その書物のなかで、バベルの塔が完成しなかったのはけっして一般に言われているような理由からではないということ、べつな言いかたをすれば、その最大の理由はこれら世間周知の理由のなかにはないということを証明しようとしたのである。彼の証明は、文書や記録だけを手がかりにしたものではなかった。彼の言によれば、みずから現地におもむいて調査をおこなった結果、バベルの塔の建立《こんりゅう》が失敗し、また失敗せざるをえなかったのは基礎工事に不備があったためだという事実を突きとめたというのである。基礎工事の技術にかけては、もちろん、われわれの時代のほうが、あの太古の時代よりもはるかに卓越していた。ひとかどの教育を受けたほどの人ならば、いまの時代ではほとんどみな専門の築城技術者であり、基礎工事にかんしても間違いのない知識を身につけていた。しかし、その学者が言おうとしたのは、そういう問題ではなかった。この偉大な長城こそ、人類の歴史上はじめて、新しいバベルの塔を建立するための確固たる基礎工事となるであろう、というのが彼の主張であった。つまり、まず最初に長城をつくり、つぎに塔を建てようと言うのである。この著書は、当時ひろく読まれたものだが、わたしは、正直に言って、彼がこの塔の建立ということをどんなふうに考えていたのか、いまもって理解に苦しむのである。城壁というものは、円形をなすものではなく、せいぜい四分円か半円でしかない。だのに、どうして塔を建てるための基礎作業や準備になるのだろうか。その学者は、たんに精神的比喩《ひゆ》的な意味でそういうことを言ったにすぎぬのかもしれない。しかし、そうだとすると、具体的な建造物である長城をわざわざ幾十万人の人びとの労力と生命をついやしてまで建設するのは、なんのためなのであろうか。その本のなかには、なにやら曖昧《あいまい》なものではあるけれども、塔の設計図がいく通りも描かれ、国民の総力をいかにしてこの巨大な新事業に結集するかという提言までのべられているが、これらも、いったい、なんのためなのであろうか。

この本がその一例であるが、当時は、人びとの考えが四分五裂の状態にあった。それも、もしかしたら、多くの人びとができるかぎりひとつの目的にむかってなんとか力を結集しようとしていた結果にすぎないのかもしれない。人間の本性というものは、根っから軽薄で、颪に舞いあがる塵《ちり》のように定めなく、束縛や固定を好まない。われとわが身をしばると、すぐ気が狂ったように鎖をゆすぶりだし、あげくのはてには壁であろうと、鎖であろうと、わが身であろうとこっぱみじんに破砕してしまうことにもなりかねない。

長城建設に水をさすことにもなりかねないこれらの意見が、分割工事の方式を決定するにあたって、指導部から全然考慮されなかったとは考えられない。われわれ（わたしは、ここで多数の人びとの意見を代弁しているのであるが）は、じつは最高指導部のいろんな指令を反復咀嚼《そしゃく》した結果、はじめて自分自身を知り、また、もし指導部というものがなく、われわれが学校でまなんだ知識やわれわれの常識だけで事にあたるとすれば、大きな全体のなかでわれわれが分担している微小な職務も遂行できないということを発見したのである。指導部の部屋――それがどこにあり、どういう人たちがそこにいるのかは、だれにたずねてもわからなかったし、いまもわからないが――そこでは、ありとあらゆる人間的な想念や願望が渦をまき、また、ありとあらゆる人間的な目標や実現が逆の渦をまいていたことであろう。しかし、高い窓からは、神々の世界からの残照が設計図を引く指導部の手のうえに落ちかかっていたことであろう。

だから、公平な観察者にすれば、指導部が本気にそうしようとおもえば、工事を一貫して連続的におこなう方式をさまたげるような困難ぐらい克服できなかったとは考えられないのである。だとすると、分割工事は指導部そのものの意図であったと考えるほかない。しかし、分割工事は、万やむをえない方便にすぎず、したがって、不得策なやりかたであった。つまり、指導部は不得策なやりかたをのぞんだということになる。なんとも奇妙な結論ではある。しかし、べつの面から見ると、これはこれで正当な理由がないわけではない。今日では、こういうことを口にしても、べつに危険なことにはならないかもしれない。あの当時は、多くの人びとが、それどころか、最もすぐれた人びとですら、ある秘密の原則を口には出さないでひそかに肝に銘じていたものであった。それは、こういうのである——「全力をつくして指導部の指令を理解するようにつとめよ。ただし、ある一定の限界までである。それを越えたら、考えることをやめなくてはならない」と。なかなか賢明な原則である。ちなみに、その後よく世人の語りぐさとなったつぎのようなたとえ話は、この原則をさらに敷衍《ふえん》したものであった。「それ以上考えるのをやめるのは、なにもわが身に害がおよぶからではない。たしかに害がおよぶと決まっているわけではないのだ。これは、わが身に害がおよぶとか、およばないとかという問題ではない。われわれは、さしずめ早春の川のようなものだ。雪どけ水で増水し、だんだん水勢をつよめ、長い沿岸の土地をゆたかにうるおし、海にそそぐまでは自分の姿をくずさないが、その後はしだいに海の水と同化し、ついには完全に一体になっていく。——ここまでなら、指導部の指令に思量をくわえてもかまわない。——しかし、そこをすぎると、川は、岸をのりこえて氾濫《はんらん》し、輪郭も姿もなくなり、流勢をゆるめ、みずからの使命に反して内陸に小さな湖をつくろうとし、田畑に害をあたえる。けれども、このような氾濫をいつまでもつづけておれるものではないから、またもとの川筋に小さくなってもどってこなくてはならない。それどころか、やがて暑い夏の乾期になると、あわれにも水涸《みずが》れてしまう。——指導部の指令にそこまで思量をくわえてはならないのだ」

このたとえ話は、築城工事がおこなわれていた当時はきわめて適切な比喩であったであろうが、いま書きとめているこの文章のなかでは、せいぜい限られた意味しかもたない。わたしの論考は、歴史的研究にすぎないからである。遠くに去った雷雲は、もはや稲妻を投げつけない。だから、わたしとしては、分割工事の謎《なぞ》をとくにあたって、当時の人びとがみずから得心した限度よりも先までわけ入ってもかまわないわけだ。わたしの思考力の限界は、たいへん狭いが、踏破しなくてはならない調査地域は、無限と言ってよいほど広大なのである。

この長城は、何者にたいする防塁なのであろうか。むろん、北方蛮族にたいする防塁であった。わたしは、中国南東部の出身である。どのような北方民族も、そこまでは侵入して来られない。われわれは、古人の書物によって彼らのことを知る。彼らの本性がおこなう残虐《ざんぎゃく》行為は、平和な園亭で書をひもといているわれわれをも長嘆息させる。画家たちが忠実を旨《むね》として描いた絵に見られる彼らの顔は、まさに兇悪《きょうあく》無道そのものである。大きく開いた口、するどくとがった歯をむきだした顋《あご》、すでにして獲物《えもの》をねらっているような細めた眼。口は、その獲物をいまにも嚙《か》みくだき、引き裂こうとしている。子供たちが悪いことをすると、これらの絵を眼のまえに突きつけてやる。子供たちは、たちまち泣き声をあげて首もとにとびついてくる。しかし、われわれが北方諸族について知っていることは、わずかにこれだけである。われわれは、彼らを見たこともなければ、故郷の村にいるかぎり、これからも見ることはあるまい――たとえ彼らが悍馬《かんば》にまたがってわれわれの村めがけて一路疾駆している最中だとしても。この国土は、まことに広大無辺であって、いかに蛮族たちといえども、われわれの村まではとうていやって来られない。人跡未踏の虚空《こくう》に道を踏み迷うだけであろう。

そういう事情であるならば、われわれは、なぜわれわれの故郷とその川や橋を、父と母を、涙にかきくれる妻を、まだ頑是ない子供たちを見すてて、遠くの都会に留学し、さらにずっと遠い北方の城壁のことにばかり思念を馳《は》せるのであろうか。いったい、なぜであろうか。その理由は、指導部にたずねてみるほかないのである。指導部は、われわれを知っている。つねに手にあまるほどわれわれのことを気にかけ、心配してくれている指導部のことだから、われわれのことを逐一承知し、われわれのまずしい生計のことも知り、われわれが家とも言えぬ見すぼらしい小屋のなかで膝《ひざ》をつきあわせて暮らしていることも見ている。一家の父が家族の者を集めてとなえる夕べの祈りも、これを是とし、あるいは非としているにちがいないのである。指導部のことを以上のように考えてよいとするならば、それはすでに昔から存在していたのであって、急ごしらえに編成されたものではないというのが、わたしの意見である。たとえば、高位顕官たちがある朝すばらしい夢見をしたからというので急遽《きゅうきょ》会議を召集し、そそくさと議決をするというのとは、わけがちがう。こういう会議というのは、その日の晩にも人民たちを太鼓で叩《たた》き起こして、議決したことを実行にうつす——と言っても、昨日高官たちに瑞兆《ずいちょう》を見せてくれた神をよろこばせるために家ごとに提灯《ちょうちん》に火を入れさせ、翌日提灯の火が消えるころになると、人民たちを引っとらえ、どこかの暗い片隅でむごい笞刑《ちけい》をくらわせて終わりということもあるのだが、そういうのとはわけがちがう。むしろ、指導部は、おそらくずっと昔から存在していたし、長城建設の議決も、同様なのである。なにも知らない北方蛮族たちは、自分たちが原因でこういう決定がくだされたのだとおもったし、無邪気な皇帝陛下も、ご自分がその指令を出したのだと信じておられた。工事に従事しているわれわれは、そうではないことを知っているが、口には出さない。

わたしは、すでに長城建設がおこなわれていたころからずっと今日にいたるまで、ほとんど比較民族史の研究にばかり専念してきた（ある種の問題は、こうした方法でしか急所をおさえられないのである）。そして、その結果、われわれ中国人が所持しているある種の民族的国家的諸制度はじつに明晰《めいせき》無比であるが、またべつの諸制度はまことに曖昧無比であるという奇妙な事実を発見したのである。その理由、とりわけある種の諸制度が曖昧無比であるという現象の理由を究明することは、いつもわたしの興味をそそってきたし、いまもそそっている。長城建設ということも、本質的にはこうした問題と関連しているのである。

ところで、われわれの大帝国そのものも、おそらくこれらの曖昧このうえない諸制度のひとつであると言ってよい。もちろん、北京では、とくにそこの宮廷社会では、この点にかんしていくらか明晰な見通しが立っているにちがいない（もっとも、その明晰さは、実在のものというよりは見かけだけのものにすぎないが）。大学の国法学や歴史学の教授たちも、これらの事柄について正確な知識をもち、それを学生たちに伝授することができると自称している。それよりも下級の学校になればなるほど、当然のことながら、みずからの知識にたいする懐疑の度合がますます稀薄《きはく》になっていく。そして、幾世紀以来叩きこまれてきた少数の教養のまわりに、半可通な似非《えせ》教養の塵《ちり》芥《あくた》が山のようにうずたかく積みあげられる。それらの教義は、その永遠の真実性をうしなってはいないにしても、この曖昧さという霧につつまれて永遠に見えなくなったままなのである。

しかし、私見によれば、帝国の問題は、民衆にたずねてみるべきであろう。なぜなら、庶民や民衆こそ帝国をささえる究極の支柱だからである。ここでも、わたしは、ふたたび自分の故郷のことを語るしかない。田畑の神々と四季折々におこなわれるとりどりな、にぎやかなその祭事をべつにすれば、われわれの思念は、ひたすら皇帝にのみむけられていると言っても過言ではない。しかし、それは、現皇帝にむけられているのではない。と言うよりかむしろ、われわれとしては、現皇帝を直接知っているわけでもなければ、現皇帝について確実な知識があるわけでもなかったから、彼のことを考えようがなかったのである。むろん、たえずそういうたぐいの知識をなんとか手に入れようと努力してきた（これこそ、われわれのこころをみたしていた唯一《ゆいいつ》の好奇心であったと言ってよい）。しかし、おかしな話かもしれないが、そういうことを聞きだすのは、ほとんど不可能であった。方々の土地を渡り歩く巡礼からも、近くの村々や遠くの村々の人たちからも、われわれの地方の小さな川だけでなく、聖なる大河をも航行している舟人たちからも、ほとんど聞きだすことができなかった。たしかにいろんな話を聞かされはしたが、決定的な知識はなにひとつ得られなかった。われわれの国土は、それほど大きいのである。どのようなおとぎ話や空想譚《たん》も、その大きさにはおよばないし、あの大空ですらも、その広大無辺なひろがりをつつみかねているほどだ。北京といえども、たかがひとつの点にすぎないし、皇帝のいる宮城にいたっては、さらに小さな点にすぎない。むろん、皇帝そのものは、世界の津々浦々にまでおよぶ強大な権力である。しかし、生身《なまみ》の皇帝は、われわれと変わるところのないひとりの人間であり、われわれとおなじような恰好《かっこう》で長椅子《ながいす》に寝そべっておいでだろう。もちろん、豪華な長椅子だが、所詮《しょせん》は長椅子であって、幅も長さも、おそらくたかが知れているだろう。われわれとおなじように、ときどきはのびをしたり、疲労がつもってくると、上品な口で欠伸《あくび》をなさることもあるかもしれない。しかし、われわれは、そういうこともよくは知らない。なにしろ、北京から数千マイルも南方の、ほとんどもうチベットの高地に手のとどきそうなところに住んでいるのだから、どうして知ることができるだろうか。おまけに、どんなニュースも、それが無事われわれのもとにとどいたとしても、ずっとおそくなってからであり、すでに過去の反故《ほぐ》でしかないだろう。皇帝のまわりには、きら星のごとき、しかし、なにやら得体の知れない廷臣たちの群れがひしめいている。それは、近習や寵臣《ちょうしん》の衣裳《いしょう》をまとった悪意や敵意であり、あわよくば毒矢で皇帝を栄光の座から射おとそうとたえずつけねらっている反対勢力である。帝国そのものは、不滅であろうが、個々の皇帝は、殺害され、また失脚する。長くつづいた王朝でさえも、ついには没落し、あえなき最期《さいご》をとげる。われわれ民衆は、こうした戦いや苦しみをけっして知ることができない。中央広場のまんなかで支配者の処刑がおこなわれているというのに、われわれは、野次馬のひしめく横町のはずれにまるで遅刻をしたうっかり者か山だしの田舎者のようにつっ立っているだけである。

このような事情をよく語っているひとつの伝説がある。それによると、皇帝は、おまえに、名もなき一介の臣下であり、いわば皇帝という太陽から最も遠く離れた片隅に逃げこんだちっぽけな影にすぎないおまえに——こともあろうにそんなおまえに臨終の床から使いをお送りになった。皇帝は、使者をベッドのわきにひざまずかせ、使いの用向きをささやかれた。たいへん大事な用件であったので、それを耳もとで復誦させられた。そして、大きくうなずいて、復誦が正しかったことをみとめられた。皇帝の臨終を見守る大勢の人たち（邪魔になる壁は、ことごとくとり払われ、広く高だかとつづく正面階段には、国じゅうの大官たちが輪になって立ちならんでいる）――これらすべての人びとが見守るなかで、皇帝は、使者に行けと命じられた。使者は、ただちに出立した。強靱《きょうじん》な、疲れを知らぬ男であった。彼は、左右の腕をかわるがわる突きだしながら、群集のなかをかきわけていく。立ちふさがる者があると、太陽をかたどった記章をつけた胸を指さす。事実、だれよりもらくらくと前進していく。しかし、人びとの列は、延々とつづいている。彼らの住家も、いつまでも尽きない。広びろとした野原に出たら、飛ぶように駈けだし、まもなくおまえの家の戸口を握りこぶしで勢いよく叩く音が聞えることだろう。が、とてもまだそこまでは行っていない。無益な悪戦苦闘のくりかえしである。いまだに内裏《だいり》のおびただしい部屋をつぎつぎに通りぬけようとやっきになっているところである。いつまでも通りぬけられないかもしれない。やっとのことで通りぬけたとしても、それでけりがついたのではない。こんどは、階段を降りるのに四苦八苦しなくてはならないだろう。やっと階段を降りきっても、まだけりがついたわけではない。つぎは、中庭を渡らなくてはならない。中庭のあとには、さらに第二の宏壮《こうそう》な宮殿がひかえている。そして、またもや階段を降り、中庭を渡ると、第三の宮殿が待っている。こうしてどこまでも悪戦苦闘がつづくのである。ついにとうとう宮城のいちばん外の大門を出ることができたとしても（しかし、ほんとうは、いつになってもそこまで行きつけそうにないのだが）、やっと帝都のはてしない町並みとむきあったところである。世界の中心は、世界の吹きだまりであって、おびただしい数の人間たちが塵芥のように寄り集まっている。だれであろうと、ましてや死んだ皇帝の伝言をたずさえて、こんなところを走りぬけられるものではない。――しかし、おまえは、夕ぐれになると、おまえの窓べにすわって、そうした夢想にふけっているのだ。

われわれ民衆は、これとおなじように、おなじような絶望と期待の入りまじったまなざしで皇帝を見つめている。それでいて、いまはどの皇帝の御代《みよ》であるかを知らず、王朝の名前すらあやしいものである。学校では、いろいろな王朝の名前を時代順に正しく教えてくれる。しかし、こうした事柄にかんする世間一般の考えかたは、きわめて曖昧でいいかげんなものであって、非常に優秀な生徒でも、ついそれに染まってしまう。とっくに死んだ皇帝が、われわれの村々では新しく帝位につけられ、歌にしか名前の残っていない皇帝が、最近詔勅を発して、それを神官が祭壇のまえで読んで聞かせるというありさまである。大昔にあった戦争が、いまやっと始まったところで、そのニュースを知った隣人は、顔をまっ赤にしてわが家にとびこんでくる。後宮の側室たちは、脂《あぶら》ぎった姿態を絹のしとねにくるみ、狡猾《こうかつ》な佞臣《ねいしん》たちと淳風美俗《じゅんぷうびぞく》をふみにじり、支配欲にふくらみ、貪欲《どんよく》に眼もくらみ、淫楽三昧《いんらくざんまい》にひたり、その悪事をくる日もくる日も今日はじめてのようにやってのける。時代が過去にさかのぼればのぼるほど、悽惨《せいさん》な彩色は、ますますけばけばしくなっていく。あるときなどは、村じゅうが大きな悲鳴をあげる。数千年まえのある皇后が良人《おっと》である皇帝の血をあわてずさわがず悠然と飲みほしたというニュースが入ったのである。

つまり、民衆は、過去の皇帝たちとこのようにしてつきあっている。ところが、現皇帝は、逆に死者と混同してしまうのだ。あるとき（と言っても、こういうことは、生涯に一度あるかないかである）、地方を巡察している皇帝の役人が、たまたまわれわれの村にやって来る。彼は、中央政府の名においてなにがしかの要求をつきつけ、租税台帳をしらべ、学校の授業を参観し、神官に村人たちの動静や素行をたずね、最後に、轎《かご》にのりこむまえに、村人たちを集めて全体の講評をのべ、ながながしい訓戒をたれる。すると、すべての顔ににやりとした笑いが走る。たがいにこっそり眼を見あわせ、そういう顔を役人に見られないように、子供たちのほうに身をかがめる。なんとまあ、このお役人は、死んだ人のことを生きている人のように話しているじゃないか（と、われわれは、こころのなかで考える）。この皇帝さまは、もうとっくに亡《な》くなられたし、王朝も、断絶してしもうた。お役人さんは、きっとわれわれをからかっていなさるんだろう。しかし、われわれは、役人を怒らせてしまってはまずいので、なにも気づいていないようなふりをする。本気で臣従の誓いをはたさなくてはならない相手は、われわれの現在の支配者だけだ。そうしなければ、大罪を犯したことになるのだから。こうして役人の轎が去っていったあと、もうこなごなにくだけた過去の骨壺《こつつぼ》のなかからたまたま選びだされた者が、威風堂々と村の支配者の地位につくのである。

これとおなじで、革命が起ころうが、戦争がはじまろうが、われわれの地方の庶民たちは、蛙《かえる》の面《つら》に水のような受けとめかたをするのが通例である。わたしは、ここで少年時代のある出来ごとを思いだす。となりの州で（と言っても、非常に離れているのだが）、暴動が勃発したのである。その原因はもうよくおぼえていないが、ここではたいして重要なことではない。暴動の原因になるようなことなら、その州では毎朝のように起こっているし、そこの住民は、興奮しやすい人たちなのである。ところで、ある日のこと、一揆《いっき》を起こした連中の檄文《げきぶん》が、その地方からやってきたひとりの乞食《こじき》の手によってわたしの父の家にもちこまれたのである。ちょうど祭りの日で、家じゅうがたくさんの客でごったがえしていた。一同のまんなかに席をしめた神官は、檄文を仔細《しさい》に検討していた。と、突然、みんなが大きな声で笑いだし、ビラは、人ごみのなかで引き裂かれた。すでにたんまり喜捨をもらっていた乞食は、部屋から突きだされてしまった。客たちも、ちりぢりになって、晴れわたった戸外へ出ていった。なぜこういうことになったのであろうか。隣州の方言は、われわれの地方のそれとはまるでちがうのである。その相違は、文章語のある種の形式のなかにもはっきりあらわれていて、われわれからすると、古風な文体におもえる。それで、神官がそういう文体で書かれた檄文をほんの二ページほど読むか読まないかのうちに、人びとは、いちはやく決定をくだしてしまったのである。これは、昔の出来ごとだ、ずいぶん以前に聞いたことがあるが、とっくに消え去った痛みのようなものだ、と。こういうわけで、わたしの記憶では、その乞食の姿だけでも暴動の悽愴な実態をまざまざと語っていたとおもえるのだが、人びとは、笑いながら頭をふり、もうそれ以上耳をかたむけようとはしなかった。この地方の人びとは、現在を吹き消すことがそれほど好きなのである。

以上のようなことから、とどのつまりわれわれは皇帝をもっていないのだという結論を引きだすとしても、真実からさして離れていないと言えるだろう。くりかえし言っておくが、もしかしたら、われわれ中国南部の人間ほど皇帝に忠誠をまもっている民衆はいないかもしれない。しかし、この忠誠は、皇帝にとってはなんの役にもたたないのだ。われわれの村のはずれの小さな円柱のうえには、聖なる竜の彫りものが飾ってあって、大昔から正確に北京の方向にむかって炎の息をはきながら恭順の意をあらわしている。けれども、この北京なるものは、村人たちにとって、来世よりもずっと縁遠いところなのだ。北京というところは、家と家が延々と軒をつらね、田野をおおい、われわれの村の丘から見わたすことができるよりもまだ遠くまでつづいていて、それらの家と家のあいだには昼も夜も人間たちが頭をならべて蝟集《いしゅう》しているというが、そんなばけもののような村が、ほんとうにあるものだろうか。われわれにとっては、そんな都会を想像するよりも、北京とその皇帝とはおなじものであって、言うなれば、太陽の下を久遠《くおん》の時の流れとともにしずかに渡っていく一片の雲であると信じることのほうが、はるかにやさしいのである。

このような考えかたをしていると、いきおいかなり自由な、気らくな生活になる。わけっして不道徳だとか、不品行だとかと言うのではない。方々を旅行してみたが、わたしの故郷ほど純朴な道徳がきちんとまもられている土地を見たことがない。けれども、それは、いかなる現行の掟《おきて》にもしばられず、古い時代からつたえられた指教や訓戒にのみしたがう生活なのである。

わたしは、性急な一般化はしたくないし、われわれの州の一万の村々のどこにおいても、ましてや中国の五百州のどこにおいてもおなじような事情であるなどと主張するつもりはない。わたしがこの問題にかんして渉猟したおびただしい文献や自分自身の観察にもとづいて言うならば――とくに長城建設のさいは、そこで会う多くの人びとを観察の材料にして、ほとんど中国全州の人びとの心魂にふれる機会にめぐまれた――これらすべてのことにもとづいて言うならば、皇帝の問題にかんして中国全般の人びとがいだいている見解はたえず、そしていたるところでわたしの故郷の人びとの考えかたとある種の共通した特徴をしめしていると、もしかしたら結論してもよいかもしれない。わたしは、このような考えかたを美徳や長所だと言いたいのではない。むしろ、その反対だとおもう。このような考えかたがおこなわれるようになった責任の大半は、たしかに政府当局のがわにあるだろう。当局は、この地球上の最古の国家において現代にいたるまで、帝国という制度をその威光がこの国の辺境の地にまであまねく直接に、そして不断に行きわたるほど明断で明確なものに育てあげることができなかった、と言っていけなければ、なによりもその努力をおこたっていたのである。しかし、他面では、これは、中国民衆の想像力あるいは信仰力の弱点でもあるのだ。中国の民衆は、帝国を北京の沈滞した鬱気《うっき》のなかから救いだし、生きた現在の帝国を裸形のまま臣下たるおのれの胸に抱きよせるところまではいかない。そのくせ、いつかはこのような抱擁の実感を味わうことを無上のよろこびとあこがれ、そのよろこびのために死んでもよいとすらおもっているのである。

したがって、こうした考えかたは、たしかに美徳でも長所でもない。それだけに奇異におもえてならないのは、ほかならぬこうした弱点がかえって中国の民衆を統合する最も重要な手段のひとつになっているらしいという事実である。それどころか、思いきった表現をしてもよいならば、それは、ほかでもなくわれわれが生きている土壌であるとすら言ってもよい。ここでこの弱点をくわしく究明し、いちいちあげつらうことは、かならずしもわれわれの良心をゆすぶり起こすことにはならず、もっと悪いことには、かえってわれとわが足もとを掘りくずすことになりかねない。したがって、この問題にかんするわたしの論考も、一応ここまでにしておきたい。

掟《おきて》の問題

われわれの国の掟は、一般の人びとには知られていない。それは、われわれを支配しているひと握りの貴族たちの秘密である。われわれは、これらの掟が厳正にまもられていることを信じて疑わないけれども、自分の知らない掟によって支配されるというのは、きわめて苦痛なことである。わたしが言いたいのは、掟にはさまざまな解釈の可能性があるとか、ごく少数の人間だけがその解釈にたずさわり、全国民がこぞって参加できないようでは必然的にいろんな弊害が生じるとかいうことではない。こうした弊害は、もしかしたら、それほど大きなものではないかもしれない。なにしろ、われわれの掟は、非常に古いのだ。すでに何世紀にもわたって、解釈の仕事がおこなわれてきたし、その解釈がまた掟になっているようなものである。たしかに、解釈の余地は、いまでも残されているけれども、その範囲は、ごくかぎられている。それに、掟の解釈にあたって貴族たちが自分らの個人的な利害に左右され、そのためにわれわれ民衆が損をする、というような可能性は、まずなさそうである。というのは、掟は、そもそもの最初から貴族の利益になるように制定されたものだからである。貴族は、掟のそとに立っている。掟がもっぱら貴族の手中にゆだねられているように見えるのも、このためにほかならない。これは、むろん、なかなか賢明なやりかたである（古い掟の知恵を信じない者があるだろうか）。しかし、われわれ民衆にとっては、苦痛の種でもある。それも、やむをえないことなのであろう。

それはともかく、このような掟があるというのも、たんにそう推定しているだけのことかもしれないのだ。これらの掟がたしかに存続し、貴族階級にゆだねられた秘密であるというのは、昔からの伝統的な考えかたである。しかし、それは、昔ながらの伝統、古いというだけで信じるにあたいするとされている伝承にすぎず、それ以上のものではありえない。というのは、これらの掟の内容そのものが、その存続を秘密にしておくことを要求しているからである。しかし、われわれ民衆のなかには、大昔からの貴族たちの行状を注意ぶかく追跡している連中がいる。そのことにかんして祖先たちが書きのこしてくれた記録類を所有し、それらを綿密につなぎあわせたうえ、これらのおびただしい事実のなかにはかつて歴史上におこなわれたあれこれの決定を推論させるような、ある種の方針ないし傾向がみとめられる、と主張している。しかし、さてこれらの慎重に選別・整理された推論にもとづいてわれわれの現在および未来の生活設計を立ててみようという段になると、なにもかもあやふやになってきて、もしかしたら頭脳の遊戯をしているだけではないのかという気がしてくる。というのは、ここでわれわれが存在すると決めてかかっている掟など、ことによると全然存在しないかもしれないからだ。事実、掟は存在しないと主張し、もし掟が存在するとしたら〈貴族のすることが掟である〉という掟だけだということを証明してみせようとしている小さな政党がある。この政党は、貴族の恣意《しい》的な行為だけを見て、民衆のあいだにおこなわれている伝統はみとめようとしない。民衆の伝統などというものは百害あって一利なしである、なぜなら、新しい出来ごとに直面した場合、それは民衆にあやまった、欺瞞《ぎまん》的な、軽挙妄動に走らせかねない信念を植えつけるからである、とこの政党は考える。たしかに、こうした弊害は、否定できない。しかし、この国の民衆の大多数は、伝統がまだまだ不十分であることが弊害の原因であると見、だからもっと伝統を研究しなくてはならない、もちろん、その資料も、一見多いように見えるが、まだずいぶん不足で、さらに数世紀のちでなければ、十分な量には達しないであろう、と考えている。こうした展望は、現在のわれわれには暗鬱《あんうつ》なものであるが、この暗鬱さに光をあたえるものは、いつかは伝統とその研究がめでたく終止符を打つ時代になって、すべてのことが明晰《めいせき》になり、掟は民衆の手にだけぞくし、貴族は消滅するであろうという信仰だけである。この言葉は、貴族にたいする憎しみをこめて言っているのではない。断じてそうではない。また、だれも、そういうことはしないだろう。われわれが憎むのは、むしろわれわれ自身である。なぜなら、われわれは、まだ掟をもつにあたいすると認められるだけの実力がないからである。掟の存在を信じようとしない、ある意味でなかなか魅惑的なあの政党がいつまでも小政党にとどまっているのは、じつはこの理由からである。つまり、この政党は、貴族とその権利を完全にみとめていることになるからである。

厳密に言うと、このこみ入った事情は、一種の逆説によってしか表現できない。「掟にたいする信仰とともに貴族をもみとめないような政党があれば、たちまち全民衆の支持が得られるであろう。しかし、だれも貴族を否認する勇気がないから、そのような政党ができることはありえない」と。われわれは、現在のところ、このような逆説の白刃《しらは》のうえで生きている。ある文筆家は、あるときこれをつぎのように要約した。「われわれに課せられている唯一《ゆいいつ》の、眼に見える、疑う余地のない掟は、貴族である。われわれは、この唯一の掟をわれわれ自身から奪おうとしてはいけないだろうか」と。

市の紋章

バベルの塔を建立《こんりゅう》するとき、はじめのうちは万事かなりよく手はずがととのっていた。かなりどころか、ことによると、ととのいすぎていたかもしれない。道案内や通訳や労働者の住宅、連絡網のことなどに十分すぎるほどの配慮がなされ、まるで何世紀かかってもかまわない工事のようであった。事実、当時の大勢は、工事はゆっくりやればやるほどよいとすら考えていた。こうした考えは、あまり誇張するのも困りものので、いつまでもふんぎりがつかず、定礎式すらおこなうことができなかった。つまり、こういう理屈になるのであった——この大事業の要石《かなめいし》は、天までとどく塔を建立しようという思想ではないか。この思想にくらべたら、ほかのことはすべて枝葉末節にすぎぬ。いったんこの思想の全容をつかんだからには、もはや消滅することはありえない。地上に人間がいるかぎり、この塔を完成させようという熱烈な願望も存続するであろう。塔の完成ということにかんしては、しかし、未来のことをなんら心配するにはおよばない。むしろ、逆である。人類の知識は、向上する。建築術は、これまでも進歩をかさねてきたが、これからはさらに大きな進歩をとげるであろう。われわれが一年かかる工事も、百年後には半年でできるようになり、おまけにもっとすばらしい、永続的なものがつくられるだろう。だとすると、いまからあくせくと工事に精根をかたむけなければならぬ理由など、どこにあるだろうか。塔を一世代のうちにきずける希望があるのなら、それも意味のないことではあるまい。しかし、そんなことは、とてものぞめなかった。むしろ、完全な知識を身につけたつぎの世代がまえの世代の工事を下手くそだとみなし、せっかく建てたものまでとりこわして、初手からまた建てなおすということも、十分考えられた。こんなふうに考えると、出せる力も出なくなって、塔の造築よりも労働者の住む町の建設に精をだすしまつであった。どの国から来た労働者も、いちばん美しい宿舎に住みたがった。そのために、いざこざが起こり、はては血を血で洗う戦いにまでエスカレートした。指導部までが、これはよい口実ができたとばかり、工事は必要な協力態勢がととのわないからごく緩慢にすめるべきだとか、みなが喧嘩《けんか》をやめて手をにぎりあうまでは着手しないほうがよいなどと言いだした。しかし、年がら年じゅう喧嘩ばかりしていたわけではなく、喧嘩の合間には町を美しくかざりたてた。もっとも、それがまた新しい羨望《せんぼう》と喧嘩をまねいた。こうして、最初の一世代がすぎていった。つづく諸世代も、事情はおなじであった。技術だけは、どんどん向上し、それとともに闘争心も、ますます熾烈《しれつ》になっていった。おまけに、第二、第三の世代になると、すでに天までとどく塔を建立することの無意味さをはっきり知っていた。かと言って、そのころはもうおたがいに切っても切れないほど密接な間柄になっていたから、町を出ていくわけにもいかないのであった。

この町でうまれたあらゆる伝説や民謡は、天から巨大な拳固《げんこ》があらわれ、とんとんと五度ばかり叩《たた》いただけで町はこなごなに破壊されるであろうと予言された日を待ちこがれる切ない思いにみたされている。この市の紋章に握りこぶしが描かれているのも、このためである。

寓意《ぐうい》について

多くの人びとが不満をのべているように、賢者の言葉は、いつでも寓意、つまりたとえ話にきまっていて、日常生活では役だてようがない。しかも、わたしたちには日常生活しかないときている。賢者が「むこうへ行け」と言うと、道のむこう側へ行けという意味ではない。道のむこう側のことであれば、もし行くだけの値うちがあるものなら、いくらでも行くことができよう。賢者が言っているのは、なにか伝説めいた〈むこう〉、どこかわたしたちの知らない場所である。彼も、それ以上くわしく説明することはできない。だから、〈ここ〉にいるわたしたちにはなんの役にもたたない。これらすべての寓意は、じつは、理解できないものは理解できないのだということを言おうとしているだけなのかもしれない。それなら、わたしたちもとっくに知っていたことである。わたしたちが毎日苦労させられているのは、もっとべつなことである。

それにたいして、ある男はこう言った。「きみたちは、なぜいやがるのだね。寓意にしたがえばいいじゃないか。そうすれば、きみたち自身が寓意になり、それとともにすでに日常の労苦から解放されているだろう」

すると、べつの男が言った。「賭《か》けてもいいが、それもひとつの寓意だね」

最初の男は、言った。「賭けは、きみの勝ちだよ」

第二の男は、言った。「だけど、残念ながら、寓意のなかでの勝ちにすぎないよ」

すると、第一の男は、「ちがうね。現実に勝ったんだよ。寓意のなかでは、きみの負けさ」

ポセイドーン

ポセイドーンは、仕事机にむかって計算をしていた。すべての海洋を管理するのは、はてしもない仕事であった。助手は、ほしいだけ何人でも使うことができた。事実、たくさんの助手を雇っていたのだが、彼は、自分の職務を非常にまじめに考えていたので、なにもかも自分でもう一度検算しなおすのだった。だから、せっかくの助手も、あまり役にたたなかった。彼は、この仕事をよろこんでいたわけではない。ほんとうは、自分に課せられた任務だからやっていたにすぎない。それどころか、彼の言いぐさによると、もっとおもしろい仕事はないものかと、これまでもなんどか職さがしをしてみたのであった。おかげでいろんな仕事の口がかかってきたが、そのたびにわかった結論は、いまの職務ほど彼の性にあったものはないということであった。実際、海の大神のためにべつの仕事を見つけてやるのは、なまやさしいことではなかった。

まさか特定の海をひとつだけあてがうというわけにもいかなかったからである。その場合でも計算の仕事はすくなくならず、たんに扱う数字がみみっちくなるだけだということは度外視するとしても、偉大なポセイドーンにはやはり支配者の地位でないと恰好《かっこう》がつかなかった。かと言って、海洋以外の地位を提供しようとすると、彼は、考えただけでも気分がわるくなり、神の息はみだれ、青銅の胸が苦しげにあえぎだすしまつであった。それはとにかく、じつのところ、人びとは、彼の苦情を本気にとってはいなかったのである。強大な王者が苦しんだり、悩んだりしているときは、どうにも見込みのないことであっても、言い分を聞いてやるようなふりをしようとしなければならないものだ。ポセイドーンの職務をほんとうに解いてやろうなどとは、だれも考えていなかった。彼は、そもそもの最初から海の大神にきまっていたのであって、いまさらどうしようもないことであった。

ポセイドーンは、三叉《みつまた》の鉾《ほこ》をもち、戦車を駆ってたえず海のなかを馳《は》せめぐっていると想像されているが、彼がいちばん腹をたてるのは、こういうでたらめを聞かされたときである（そして、これこそ、彼が職務に不満をいだかざるをえない主要な原因であった）。海を馳せめぐるどころか、海の底にじっとすわって、しょっちゅう計算ばかりしているのだった。ときどきユーピテル大神のところへ出かけるのが、この単調な生活をやぶる唯一《ゆいいつ》の出来ごとであった。おまけに、この旅から帰ったときは、たいていぷりぷり腹をたてていた。そういうわけで、どこの海もほとんど見たことがなかった。オリュムポスの山へいそいで登っていくときにちらりと見るくらいのものであった。巡察など一度もしたことがなかった。日ごろの語りぐさによると、彼は、こうして世界の没落の日を待っているのである。そのときには、ちょっとぐらい暇ができるだろう。世界がほろびる寸前に、最後の計算を点検しおわったら、そそくさと一周してみることぐらいはできるだろう、というのである。

猟師グラフス

ふたりの少年が、突堤にすわって、さいころ遊びをしていた。ひとりの男が、軍刀をふりかざした英雄の記念碑の、影になった階段に腰をかけて新聞を読んでいた。噴泉のほとりにいる少女は、桶《おけ》に水をくんでいた。くだもの売りは、商品の横に寝ころんで、湖をながめていた。一軒の酒場の開けはなったドアと窓からなかをのぞくと、店の奥でふたりの客が酒を飲んでいるのが見えた。亭主は、表のほうのテーブルにすわって、居眠りをしていた。一艘《そう》の小舟が、見えない手によって水のうえを運ばれているかのように、音もなく小さな港に入ってきた。青い上っ張りを着た男が、陸にあがって、ロープを輪に通した。船頭のあとからは、銀ボタンのついた黒っぽい上衣を着たふたりの男が、棺台を運んで出てきた。台のうえには、ふさ飾りのついた、花模様の大きな絹布《けんぷ》をかぶせて、どうやら人間をひとり寝かせてあるらしかった。

突堤では、だれひとりとして、これらの到着者たちに注意をはらわなかった。まだロープをごそごそやっている船頭を待つために、ふたりの男が棺台を下におろしたときでも、だれも近よってこなかったし、質問をしかける者も、しげしげと見ようとする者もいなかった。

船頭は、子供を胸に抱き、ざんばら髪をして甲板に姿をあらわしたひとりの女にまだしばらく引きとめられていた。やがて、こちらへやってくると、左手の水ぎわにまっすぐにそびえている、黄色っぽい色にぬった二階建ての家を指さした。ふたりの担《かつ》ぎ手は、また棺台をもちあげて、低いが細身の柱でかこまれた門のなかにはいっていった。ひとりの男の子が窓をあけ、ちょうど三人が家のなかに姿を消したところを見とどけると、またいそいで窓をしめた。こんどは、門もしめられた。黒いオーク材を念入りに接《つ》ぎあわせたりっぱな門であった。それまで鐘楼のまわりをとびまわっていた鳩《はと》の群れが、家のまえにおりてきた。餌《えさ》がこの家のなかにたくわえてあるかのように、鳩たちは、門のまえに集まった。そのうちの一羽が、二階まで舞いあがっていって、くちばしで窓ガラスをつついた。明るい色の、よくふとった、元気のいい鳩たちであった。さきほどの小舟の女が、鳩たちのほうに大きな弧をえがいて穀物を投げてやった。鳩たちは、それを食べおわると、女のほうに飛んでいった。

シルクハットをかぶり、喪章をつけた男がひとり、港に通じる細い急勾配《こうばい》の小道のひとつをおりてきた。男は、あたりの様子を注意ぶかくうかがった。どんなことでも気になるらしかった。片隅の汚物を眼にとめると、顔をしかめた。記念碑の階段のうえに、くだものの皮がすててあった。彼は、通りすがりにステッキの先でそれを払いおとした。例の家のまえまで来ると、門の扉をノックし、同時にシルクハットをぬいで、黒い手袋をはめた右手にもった。すぐに門があいて、五十人ばかりの少年たちが、長い廊下に二列縦隊をつくって、お辞儀をした。

船頭が、階段をおりてきて、紳士に挨拶《あいさつ》をし、二階へ案内していった。二階へあがると、中庭をとりかこんだ、華奢《きゃしゃ》な造りの、瀟洒《しょうしゃ》な回廊《ロジア》をぐるりとまわった。少年たちは、うやうやしく距離をとりながら後からついてきた。ふたりは、大きな、ひんやりとした部屋にはいっていったが、ここは家の奥のほうにあたり、そのむこうにはもう人家がなく、見えるのは、黒灰色のむきだしの岩壁だけであった。担ぎ手たちは、棺台の頭のところに数本のろうそくを立て、火をともしていた。しかし、ろうそくをともしても、部屋がすこしでも明るくなったわけではなく、しずかに動かなかった物影を追いやって、まわりの壁のうえにゆらゆらとゆれさせただけであった。棺台にかけてあった絹布は、とりのけてあった。そこには、もじゃもじゃの髪とひげをはやし、日焼けした、どこか猟師ふうの男が寝ていた。男は、じっと身じろぎもしなかった。息もしていないように見え、眼もとじたままであった。にもかかわらず、まわりの人たちの態度をべつにすれば、もしや死人ではないかとおもわせるようなところは、どこにもなかった。

例の紳士は、棺台に近より、寝ている男の額に手をあてると、ひざまずいてお祈りをはじめた。船頭は、ふたりの担ぎ手にこの場をはずすようにという合図をした。ふたりは、部屋を出て、外に勢ぞろいしていた少年たちを追い払い、ドアをしめた。しかし、紳士は、この静けさではまだ満足できないらしく、船頭のほうをじっと見つめた。船頭は、それと察して、横のドアから隣室に姿を消した。すると、棺台のうえの男は、たちまち眼をあけ、悲しげな笑いを浮かべながら顔を紳士のほうにむけて、「おや、どなたでしたか」とたずねた。紳士は、べつにおどろいた様子でもなく、ひざまずいた姿勢から身をおこすと、「リーヴァ市の市長です」と答えた（リーヴァは、北イタリアのトレントの近く、ガルダ湖の北端にある町）。

棺台の男は、弱よわしげにのばした手で肘《ひじ》掛け椅子《いす》をさし、紳士がそのとおりに腰をおろすと、「いや、存じておったのです、市長さん。ですが、いつでも最初はなにもかも忘れていましてね、眼のまえがぐるぐるまわっているってわけですよ。だから、よくわかっているときでも、まずおたずねするほうが無難なのです。ところで、たぶんあなたもご存じかとおもいますが、わたしは、猟師のグラフスです」

「ええ、存じておりますとも」と、市長は言った。「あなたのことは、昨夜わたしのところに知らせがあったのです。わたしたちは、もうとっくに眠っていたのですが、真夜中ごろ、突然妻がさけびました。〈サルヴァトーレ〉――これは、わたしの名前なんでして――〈ちょっと窓のところの鳩の様子を見てちょうだい〉とね。なるほど、鳩にちがいないのですが、にわとりぐらいの大きさの鳩でした。そいつは、わたしの耳もとにとんできて、〈あす死人の猟師グラフスがやってきます。市の名においてこの人を迎えてあげなさい〉と言ったのです」

猟師のグラフスは、うなずいて、舌の先で唇をなめた。「ええ、鳩どもは、わたしの行く先々へ飛んでいくんです。だが、市長さん、あなたは、わたしがリーヴァにとどまるべきだとお考えですか」

「そいつは、まだなんともお答えできかねますね」と、市長は言った。「あなたは、死人なのですね」

「ええ」と、猟師は答えた。「ごらんのとおりです。何年もまえのことですが、ええ、もう大昔のことにちがいありません――黒森地方《シュヴァルツヴァルト》、これはドイツにあるのですが、その黒森地方でアルプスかもしかを追いかけていたとき、崖《がけ》から転落したのです。それ以来、死んでいるんです」

「だけど、生きてもいらっしゃるのではありませんか」

「ある意味では、そのとおりです。言うなれば、死んではいるが、生きてもいるわけです。わたしをあの世へ渡してくれるはずだった舟が、進路を間違えたんですよ。舵《かじ》の切りかたをあやまったのか、船頭のやつがちょっとのあいだ油断していたのか、わたしの国の美しい景色に見とれていたのか、そこはよくわかりませんが、とにかく、わたしは、この地上に残されてしまい、それ以来、わたしの小舟は、地上の川や海のうえを走っています。こういうわけで、故郷の山のなかでだけ生涯を送りたいとおもっていたのに、死んでからは、なんと地上のあらゆる国々を渡りあるいているしまつです」

「すると、あの世とはかかわりがないわけですな」と、市長は、額に八の字を寄せてたずねた。

「わたしは、いつもでかい階段のうえにいるようなものなんです。このはてしもないほど広くて大きい階段をうろつきまわっているのです。あがったり、さがったり、右に行ったり、左に行ったりして、たえず動きまわっています。なんと、猟師が蝶《ちょう》になったみたいじゃありませんか。いや、笑いごとじゃありませんよ」

「わたしは、笑っちゃいませんよ」と、市長は抗議した。

「それなら結構です。とにかく、たえず動きまわっているんです。思いきってうんと高く飛んでいって、もうあの世の門の光が見えだすところまで来ますと、はっと眼がさめて、わたしのおんぼろ舟は、どこかの海か川などにさびしくとまっているというわけです。むかし死にかたをしくじった祟《たた》りで、いつまでも舟のなかの一室にとじこめられているしまつです。船頭の女房のユーリアが、朝の飲みものをわたしの棺台のところにもってきてくれます。たまたまそのとき浜辺や岸辺を通りかかった土地の飲みものです。棺台と言っても、わたしが寝かされているのは、要するに板一枚だけの担架みたいなものです。ごらんになってけっしてたのしい恰好《ざま》じゃありませんが、うす汚れた経帷子《きょうかたびら》を着せられ、ごま塩の髪の毛とひげは、もじゃもじゃのざんばらですし、脚のほうには、長いふさのついた、花模様の大きな絹のショールをかけてある。枕《まくら》もとには、ろうそくが一本わたしを照らしています。むかい側の壁には、小さな絵が一枚かかっていますが、ブッシュマン(南アフリカの原住民)かなにかを描いたものらしく、そいつが、長い槍《やり》をかまえてわたしに狙《ねら》いをつけ、はでに色をぬりたくった楯でできるだけ身をかくしているんです。舟のなかではよくばかげた絵に出くわすものですが、これなどは、とびきりばかげた絵のひとつですよ。わたしの入れられている木製の檻《おり》は、このほかにはまったくなにもないんです。横の壁ののぞき窓からは、あたたかい南国の夜風がながれこみ、水が舟のわき腹を打つ音が聞こえます。

わたしは、まだ生きている猟師グラフスとして故郷の黒森地方《シユヴアルツヴアルト》でアルプスかもしかを追いかけている最中に崖から落ちたとき以来、ここにこうして寝ているんです。万事は、順調にはこんでいたんです。つまり、獲物《えもの》を追いかけていて転落し、ある谷間で出血多量で死んだ。そして、この小舟であの世へつれていかれることになっていた。いまでもおぼえていますが、この台のうえにはじめて手足をのばしたときは、ほんとうにうれしかったものです。そのとき、舟のなかはまだ薄暗がりでぼんやりしていましたが、わたしがそこであげたような歓喜の歌ごえは、あの黒森地方の山々もついぞ聞いたことがなかったでしょう。

わたしは、生きているあいだもたのしかったし、死んだときもうれしかった。舟に乗りこむまえに、いつも誇らしげにもっていた猟銃だの弾薬だの背負い袋だのといったがらくたを大よろこびで投げすて、花嫁衣裳《いしよう》を着る娘っこのようにして経帷子に着がえたものです。そして、この台のうえに寝て、じっと待っていました。そうしたら、あの不運が起こったのです」

「ついてなかったんですね」と言いながら、市長は、相手を押しとどめるように片手をあげた。「して、あなたのせいではなかったわけですね」

「もちろんですとも。わたしは、猟師だった。それがけしからんと言うのですかね。わたしは、当時はまだ狼《おおかみ》がいた黒森地方の猟師に任じられた。それがけしからんことだったのですかね。わたしは、獲物を待ちぶせ、発砲し、射とめ、皮をはいだ。それがいけなかったと言うのですか。わたしの仕事は、成功にめぐまれ、〈黒森地方の偉大な猟師〉と言えば、わたしのことだった。それが落ち度だったと言うのですかね」

「いや、それを決めるのは、わたしの任じゃありませんが」と、市長は言った。「どうやらあなたの落ち度ではなさそうですな。では、いったい、だれのせいなのですかね」

「あの船頭のせいですよ」と、猟師は言った。「わたしがこんなところで手紙を書いても、だれも読んでくれないし、だれも助けに来てくれないでしょう。たとえわたしを助けてやれという下知札《げじふだ》が立てられても、どんな家の戸口も、どんな窓も、しまったままでしょう。人びとは、ベッドにもぐりこみ、頭まですっぽりふとんをかぶっている。地球全体が、夜の宿屋みたいなものです。それも無理はないので、だれも、わたしのことなんか知らないんです。そして、たとえわたしのことを知っていても、わたしがどこにいるかはわからないし、たとえ居場所がわかったとしても、わたしをそこに引きとめることはできないし、どうして助けてよいかもわからない。だいたい、わたしを助けてやろうなんて考えること自体が、ひとつの病気であって、それこそベッドに寝て養生しなくちゃなりません。

わたしにはそれがよくわかっていますので、大声をあげて助けを呼ぶような真似《まね》はしないんです。たとえばいまのように、ときには自制心をうしなって、大声のひとつもあげてやろうかとおもったときでも、そうしないんです。ちょっとあたりを見まわして、自分がいまどこにいるか、また、けっして大げさに言うんじゃありませんが、何世紀このかたどこに住んできたかを思いだしさえすれば、ここで助けを呼ぼうなどという考えは、あっさり霧消してしまいますね」

「まったくひどいもんですね」と、市長は言った。「べらぼうなことですな。――ところで、わたしどものリーヴァの町に滞在なさるおつもりでしょうか」

「そうは考えていません」と、猟師は、にっこり笑いながら、辛辣《しんらつ》な調子をやわらげるために市長の膝《ひざ》に手をおいた。「わたしは、いま当地にいます。それ以上のことは、わたしにはわからないし、どうすることもできません。じつは、わたしの舟には舵がないんです。それで、死の国のいちばん地底を吹いている風のまにまに流されていくだけなのです」

独身者の不幸

いつまでも独身者でいるのはつらいことらしい、すでに年老いているというのに、一晩をひとびとといっしょに過したいと思えば、威厳を保つのに苦心しながら、仲間にいれてほしいと懇願するのは、病気になって、ベッドの片隅から何週間もがらんとした部屋を眺めているのは、いつでも家の入口の前でひとと別れるのは、いちども自分の妻と身体《からだ》を圧《お》しつけ合うようにして階段を上ることがないのは、部屋にはよその住いに通じるサイド・ドアしかないのは、夕食を自分の手で家へ運ぶのは、よその子供たちを褒めてやらねばならず、しかも自分はなにかにつけて「わたしには子供がおりません」と繰り返してばかりいるわけにいかないのは、若いころの記憶に残っている一、二の独身者を真似《まね》て自分の外観と挙措を作り上げるのは、つらいことらしい。

それはたしかにそうらしい、ただ、今日か将来のいつの日か、肉体と現実の頭をもって、ということは、手で打つことのできる額をもそなえて、実際にそんなふうに立っているのは、自分かも知れないのだ。

フランツ・カフカ
Franz Kafka

1883年7月3日、当時オーストリア＝ハンガリー帝国の領土だったボヘミア王国（現在のチェコ共和国）の首都プラハで、豊かなユダヤ人の商人の息子として生まれる（同じ年、日本では志賀直哉が生まれている）。

大学で法律を学び、半官半民の労働者傷害保険協会に勤めて、サラリーマン生活を送りながら、ドイツ語で小説を書いた。

当時の人気作家だった親友のマックス・ブロートの助力で、いくつかの作品を新聞や雑誌に発表し、『変身』などの単行本を数冊出す。しかし、生前はリルケなどごく一部の作家にしか評価されず、ほとんど無名だった（『変身』が出版された1915年、日本では芥川龍之介の『羅生門』が雑誌に掲載された）。

1917年、34歳のとき喀血《かっけつ》し、1922年、労働者傷害保険協会を退職する。

1924年6月3日、41歳の誕生日の1カ月前、結核で死亡（同じ年、日本では安部公房が生まれている）。

3度婚約するが、3度婚約解消し、生涯独身で、子供もなかった。

遺稿として、三つの長編『アメリカ（失踪者《しっそうしゃ》）』、『審判（訴訟）』（夏目漱石の「こころ」と同じ頃に書かれた）、『城』のほか、たくさんの短編や断片、日記や手紙などが残された。

それらをブロートがそうとう苦労して次々と出版していった。ブロート自身は無報酬で、出版社から得るお金は、カフカの病気治療のために多額の借金をかかえていたカフカの両親と、同じく経済的に困窮していたカフカの最期《さいご》を看取《みと》った恋人にすべて渡していた。

ブロートは、1939年、ナチス・ドイツがプラハを占領する前夜に、カフカの遺稿を詰め込んだトランクを抱えてかろうじて逃げ出し、遺稿を守ったこともある。

最初の日本語訳が出版されたのは1940年（昭和15年）。白水社刊、本野《もとの》亨一《こういち》訳『審判』。6、7冊しか売れなかった（そのうちの1冊を高校生の安部公房が手に入れていた）。

今では世界的に、20世紀最高の小説家という評価を受けるようになっている。

しかし、カフカが本当に読まれるのは、むしろこれからだ。

編者解説――「決定版」というふたつの意味――

頭木弘樹

「決定版」という意味

『決定版カフカ短編集』というタイトルの「決定版」には、ふたつの意味がある。

ひとつは、カフカの短編の中から代表的な名作を選んだということ。

短編集を編むとき、編者はつい自分の腕をふるいたくなる。ちょっと他の人にはできないようなセレクトと配列をして、「どうだ、すごいだろう！」と見得《みえ》を切りたくなる。シェフに「普通のおにぎりを」と頼んでも、凝《こ》ったおにぎりが出てきてしまいがちなように。でも、普通のおにぎりを食べたいときもあるし、普通のおにぎりがいちばんおいしいときもある。

私も今回、カフカの短編集を編むにあたって、独自のセレクトをしたいという誘惑にかられた。しかし、その欲を抑えて、あえてオーソドックスに、王道のセレクトをした。

今回はそうすべきと思ったからだ。

新潮社は、まだ日本でカフカがほとんど知られていないときに、いきなり『カフカ全集』を出して、世の中にカフカを知らしめた出版社だ。また、「最初に読んだカフカの本は何か?」と問えば、多くの人が新潮文庫の『変身』だと答えるだろう。

そういう新潮社の文庫に、なぜかこれまでカフカ短編集がなかった。今回が初めてだ。となると、これはもう「これだけは読んでおきたいカフカ!」「カフカの短編を読むなら、まずこれらから!」と断言できる、王道のセレクトをするしかない。

カフカの自薦

では、なにをもって、カフカの代表的な名作短編とするのか?

基準はふたつある。

ひとつは、カフカ自身がその作品を高く評価していること。

カフカは自分の作品をほめるということがほとんどなかった。すべて焼却してくれと遺言したことは有名だ。

そういうカフカでも、じつはほんの少しだけ、エピグラフでも引用したように、「この物語はまるで本物の誕生のように脂《あぶら》や粘液で蔽《おお》われてぼくのなかから生れてきた」（1913年2月11日の日記）などと、大切に思っている作品がある。

まずはそういう作品を選んだ。

読者の長期的な評価

ふたつ目の基準は、読者の評価だ。

カフカファンから長年にわたって愛されている作品を選んだ。

「そんな人気投票みたいなことでいいのか？」と疑問に思う方もおられるかもしれない。

たしかに、大衆的な人気というのは、一時期もてはやされたものが、すぐに見向きもされなくなったり、うつろいやすく、あてにならないところがある。

しかし、それは短期的に見た場合だ。長期的に見れば、大衆の評価というのは、そうとう信頼できる。生前は無名に近かったカフカが、今やこんなに有名になっていることも、その証拠のひとつと言えるだろう。

だから、カフカファンから長年にわたって愛されている作品を代表作とするのは、妥当なことだと思う。

『判決』

では、収録作品について、ひとつずつ紹介していくことにしよう。

最初は『判決』だ。これが最初にくるというのは、動かしがたい。なぜなら、これこそが、カフカがカフカになった作品だからだ。この作品で、カフカは自分の書き方、自分の作風に到達した。

日記帳にしていたノートに、たったひと晩で一気に書かれた。その書き終えた朝の日記は、ひとりの作家の誕生の記録として、とても感動的なものだ。少し長いが、引用しよう。

この『判決』という物語を、ぼくは二二日から二三日にかけての夜、晩の十時から朝の六時にかけて一気に書いた。坐《すわ》りっ放しでこわばってしまった足は、机の下から引き出すこともできないほどだった。物語をぼくの前に展開させていくことの恐るべき苦労と喜び。まるで水のなかを前進するような感じだった。この夜のうちに何度もぼくは背中に全身の重みを感じた。すべてのことが言われうるとき、そのときすべての——最も奇抜なものであれ——着想のために一つの大きな火が用意されており、それらの着想はその火のなかで消滅し、そして蘇生《そせい》するのだ。窓の外が青くなっていった様子。一台の馬車が通った。二人の男が橋を渡った。二時に時計を見たのが最後だった。女中が初めて控えの間を通って行ったとき、ぼくは最後の文章を書き終えた。電燈《でんとう》を消すと、もう白昼の明るさだった。軽い心臓の痛み。疲れは真夜中に過ぎ去っていた。妹たちの部屋へおそるおそる入ってゆく。朗読。その前に女中に対して背伸びをして言う、「ぼくは今まで書いていたんだ。」人が寝なかったベッドの様子、まるでいま運びこまれたとでもいうような。自分は小説を書くときには、恥ずかしいほど低い段階の執筆態度をとっているという、ぼくのこれまでの確信が、ここに確証された。ただこういうふうにしてしか、つまりただこのような状態でしか、すなわち、肉体と魂とがこういうふうに完全に解放されるのでなければ、ぼくは書くことはできないのだ。

カフカ（日記　1912年9月23日）

翌年の2月11日の日記でも『判決』について書いている。「この物語はまるで本物の誕生のように脂《あぶら》や粘液で蔽《おお》われてぼくのなかから生れてきた」という言葉もそのときのものだ。

『判決』には「Fに」という献辞がある。これはフェリーツェという女性のことだ。

親友のマックス・ブロートの家で、ブロートの遠縁にあたるフェリーツェと出会ったカフカは、「もう揺るがしがたい判決を下していた」と日記に書いている。ようするに、好きになったのだ。

そのフェリーツェに初めて手紙を出した気持ちの高まりのなかで書かれたのが、この『判決』だ。恋愛で盛りあがっているときに書かれた小説とは、とても思えない内容だが、そこがカフカだ。

カフカは日記で「ぼくはこの物語を間接的に彼女に負うている」と書いている（1913年8月14日）。また一方で、フェリーツェへの手紙では「物語の本質は、私の理解できるかぎり、貴方《あなた》といささかの関係もありません」とも書いている（1912年10月24日）。そして、「物語は悲しくやりきれないものです」と書いている（1912年11月30日）。

ちなみに、カフカはその後、フェリーツェに500通以上の膨大な手紙を送り、2度の婚約と2度の婚約解消をすることになる。

『火夫《かふ》』

『判決』を書いたあと、数日後にはもうカフカはこの『火夫』を書き始めた。長編小説『アメリカ（失踪者）』の第1章にあたる。『アメリカ（失踪者）』は未完に終わったが、この『火夫』だけは生前に発表された。
カフカは『火夫』もかなり気に入っていた。日記にこう書いている。

ぼくは『火夫』をとてもよくできたと思っていたので、いい気になっていた。晩、それを両親に読んで聞かせたが、この上もなくいやいやながら耳を傾けている父の前で朗読しているときのぼくよりもすぐれた批評家はいないのだ。明らかに近づきがたい深みの前に、多くの浅い個所がある。

カフカ（日記　1913年5月24日）

「多くの浅い個所がある」とも書いているが、「とてもよくできたと思っていた」とまで自作をほめるのはほとんどないことだ。
なお、『火夫』につづけて『アメリカ（失踪者）』の他の章を書いていく途中で、『変身』が書かれる。『判決』『火夫』『変身』は連続して書かれたわけだ。「これは一つのすばらしい時期である。彼の生涯にこれと比較される時期はわずかしかない」とカネッティは書いている（『もうひとつの審判』小松太郎、竹内豊治訳　法政大学出版局)。カネッティは、すばらしいカフカ論を書いている作家で、1981年にノーベル文学賞を受賞した。

なお、カフカは『判決』『火夫』『変身』について、「外的にも内的にも一体をなしていまして、これらの間にはあからさまな、そしてそれ以上にひそやかなつながりがあり、そこのところを表現するのに、たとえば『息子たち』という表題の本にまとめてみるといったことを、私は諦《あきら》めたくありません」と出版社への手紙に書いている(クルト・ヴォルフ宛《あて》 1913年4月11日)。なので、『変身』を持っておられる方は、連続して読んでみるのもいいだろう。

『流刑地《るけいち》にて』

カフカの「第二の重要な時期」とカネッティが呼んでいるのが1914年の後半の5カ月で、10月にカフカはこの短編を書いた。2カ月後の日記にこう書いている。

『流刑地にて』を朗読した。紛《まぎ》れもないうち消しがたい欠点を除《のぞ》けば、必ずしも完全には不満ではない。

カフカ(日記 1914年12月2日)

これでも、カフカとしては、かなりほめているほうだ。

こんな話が伝わっている。朗読会で、カフカが『流刑地にて』を朗読したところ、3人も失神者が出て、かつぎ出され、その後も逃げるようにして席を立つ人が続出したというのだ。「語られたことばのもつこれほどの影響力をこの目で見たことはなかった」と、その場にいたプルファーという作家が伝えている（ハンス＝ゲルト・コッホ編『回想のなかのカフカ　三十七人の証言』吉田仙太郎訳　平凡社）。

カフカは自作を出版するのはいつもためらったが、朗読はむしろ積極的だった。「すぐに朗読して聞かせる癖」と自分で言っているほどだ。妹たちや友人たちや恋人に朗読するのが好きで、一般聴衆の前での朗読会にも何度も出ている。好きなだけに、上手だった。声は静かで、繊細で、美しいテナーだったそうだ。

なお、カフカは日記にこんなことを書いている。

> 二つの要素――『火夫』と『流刑地にて』に最もはっきり認められる――が結びつかなければ、ぼくは終りなのだ。だが結びつく見こみがあるのか？
>
> カフカ（日記　1915年2月9日）

この「二つの要素」というのがどういうものなのか、私にはいまだにはっきりとはわからない。みなさんは、読んでみて、どう思われただろうか？

『田舎医者』

『田舎医者』という短編集の表題作。

1916年から17年にかけての冬、カフカはプラハの黄金小路の仕事場で多くの中短編を書いた。広さ6平方メートルという小さなかわいい家で、妹のオットラが借りて、ペンキも塗り替えたのだが、兄のフランツが仕事場にした。『田舎医者』もここで書かれた。

カフカは日記にこう書いている。

『田舎医者』のような作品なら、ぼくも一時的な満足を覚えることができる。だが幸福とは、ぼくが世界を純粋なもの、真実なもの、不変なものに高めることができるときにのみ得られるものなのだ。

カフカ（日記　1917年9月25日）

カフカは1917年8月13日に喀血《かっけつ》する。結核だった。翌月（9月5日）、親友のブロートとフェーリクス・ヴェルチュに宛てた手紙の中でこう書いている。

「僕自身がこのことを予言していたのだ。『田舎医者』のなかの血まみれの傷を憶《おぼ》えているかい？」

『断食芸人《だんじき》』

『断食芸人』という短編集の表題作。執筆時期は1922年5月。

カフカはこの短編についてこう書いている。

この物語もまずまずだ

カフカ（ブロートへの手紙　1922年6月30日）

この「物語」というのが『断食芸人』のことなのだ。「まずまず」なら、カフカとしてはそうとう高評価だ。

この短編には、タイトルの通り、断食をする芸人が出てくる。カフカは病気で亡《な》くなる前、食事をとれなくなり、水も飲めなくなっていた。まさに断食状態だった。痩《や》せ細っていく身体《からだ》で、カフカは死の前日、『断食芸人』の校正刷り（本にする前の試し印刷）に手を入れていたそうだ。

カフカは1924年6月3日に40歳で亡くなった。短編集『断食芸人』が刊行されたのは同年の8月で、その2カ月後のことだった。

『父の気がかり』

これまではカフカ自身の評価によって選んだが、ここからは読者の人気や評価で選んだ。

1917年の5月から6月に書かれた作品。短編集『田舎医者』に収録されている。「オドラデク」という名前を聞いたことがあるだろうか？　それが出てくるのが、この短編だ。無生物とも生物ともつかない、不思議な存在。このオドラデクが気になってしかたないという人がたくさんいる。

『天井桟敷《さじき》にて』

短編集『田舎医者』に収録されている。1916年から翌年にかけての冬に書かれた。

カフカの小説にはサーカスがよく出てくる。

この短編の前半の、しいたげられている女性を救いたいというのは、若い男性にありがちなヒーロー願望だろう。

カフカも若い頃（28歳）の日記にこう書いている。

ぼくは、いつか金持になって四頭立ての馬車でユダヤ人街に乗りこみ、不当に殴られている美しい娘に力強い言葉をかけて助けてやり、ぼくの馬車で連れ去ろうと、寝つく前に長時間想像する

カフカ（日記　1912年1月2日）

しかし、短編の後半で、実際には少女はしいたげられていないことがわかる。それどころか、とても大切にあつかわれているのだ。少なくとも、そう見える。だから、救うことができない。

ヒロイズムを発揮することができず、若者は涙にくれるのだ。

『最初の悩み』

短編集『断食芸人』に収録されている。1921年の晩秋から翌年の春のあいだに書かれた。これもサーカスが舞台だ。

短編『断食芸人』では食べ物へのこだわりだったが、こちらでは居場所へのこだわりが描かれる。

こだわりを極めていくと、どんどん変なことになっていく。快適と思っていたはずが、不快になっていく。それでも、いったんそういう流れが始まってしまうと、止めることは難しい。

『万里の長城』

これまでの作品はカフカが生前に発表したものだが、ここからは生前は未発表だったものだ。カフカの死後に、その遺稿を親友のブロートが出版した。その中にある作品だ（最後の『独身者の不幸』だけは別）。

この短編の執筆時期は1917年の3月から4月。

簡単なはずのことが、なぜかできず、たいへんに困難なこととなり、ついに完遂することは不可能になっていく。

「物事の不可能性」「未完に終わる」というのはカフカの作品にくり返し出てくるテーマだ。

この短編自体も未完だし、『アメリカ（失踪者）』『審判（訴訟）』『城』というカフカの３つの長編もすべて未完だ。『城』はどうしても城にたどり着けないという話だ。


『掟《おきて》の問題』


１９２０年の晩秋に書かれた。

「自分の知らない掟によって支配されるというのは、きわめて苦痛なことである」というふうに話が始まるが、だんだんと「このような掟があるというのも、たんにそう推定しているだけのことかもしれないのだ」「掟など、ことによると全然存在しないかもしれない」と展開していく。

だんだんわかっていくのではなく、だんだんわからなくなっていく。私は勝手に「無限後退」と呼んでいるが、これもカフカの作品によく見られる展開だ。

しかし、よくわからない掟に支配されていて、その掟自体、あるのかどうかもよくわからないというのは、私たちの人生も、社会も、宇宙もそうかもしれない。

作家のミラン・クンデラはカフカの小説についてこう書いている。

「彼はどんな内的動機が人間の行為を決定するのかとは問いません。それとは根底的に異なる問いを提出するのです。外的決定要因が圧倒的に強くなった結果、内的動機の意味がもはやなくなった世界にあって、人間にどんな可能性が残されているのか、という問いです」(『小説の精神』金井裕、浅野敏夫訳　法政大学出版局)

『市の紋章』

1920年の晩秋に書かれた。

バベルの塔は建設が不可能で未完に終わるしかないわけで、まさにカフカ好みのテーマだ。

何かをしようとすると、できなくなる。しないほうがいい理由や、してもしかたない理由が次々と出てくる。

『寓意《ぐうい》について』

1922年から翌年のあいだに書かれた。

「賢者の言葉は、いつでも寓意、つまりたとえ話にきまっていて、日常生活では役だてようがない。しかも、わたしたちには日常生活しかないときている」というくだり